中公文庫

この色を閉じ込める

石川智健

中央公論新社

目次

この色を閉じ込める

あなたが生きている。
それだけで、私も生きていける。
あなたが生きていれば、それだけで十分。
あなたが生きているのが、私が生きている理由。
生きていてくれて、本当によかった。

第一幕

1

ここ一週間は、身体が疲れ果てているせいか、嫌な夢を見ることはなかった。睡眠時間は短く、肉体的な疲労はあったものの、夢を見ないというのはなんと素晴らしいことなのだろうか。

毎日見る、元夫から罵倒《ばとう》される夢。これから逃れられるだけで、人生が輝き出したような気さえする。

羽木《はねき》薫《かおる》は、布団から身体を引《ひ》き剝《は》がし、キッチンに向かう。冷蔵庫から作り置きしておいたアイスコーヒーを取り出して、コップになみなみと注ぎ、一気に飲み干した。

気分爽快《きぶんそうかい》とは、まさにこのことだ。

身支度を整え、家を後にする。

外は、息をするのも苦しいくらいの暑さだった。すでに三十度は超えているだろう。道行く人々が日差しを浴びながら、重い足取りで歩いている。

蟬《せみ》の大合唱に一瞬へこたれそうになったが、明日からの連休を糧《かて》にして、大股《おおまた》で進む。駅に向かう女性のほとんどが、日傘《ひがさ》を差していた。薫も、そろそろ日傘を使ってみようかと考えるものの、荷物を極力減らしたい性分だったので、なかなか踏み出せずにいた。

十分ほど歩き、立川《たちかわ》警察署に辿り着く。

刑事課のある部屋に入るころには、汗が頰《ほお》を伝っていた。ハンカチを取り出して顔を拭《ぬぐ》う。薄化粧は、こんなときに便利だ。

先に出勤している同僚に挨拶《あいさつ》をして席に着くと、課長である西宮亮《にしみやりょう》が近づいてきた。

「お疲れさん」

若々しい容姿の西宮の顔は、晴れやかだった。それは、この部屋にいるほかの人間にも共通するものだった。その理由は明白だ。先日、立川警察署管内で殺人事件が発生し、捜査本部が立ち上がっていた。深夜に帰宅中の女性が刺され殺害された事件は、目撃者がおらず、防犯カメラにも不審者は映っていなかった。顔見知りの線も薄く、無差別の通り魔による犯行を思わせるもの。被害者と犯人に接点がない場合、事件の解決に時間がかかる。それに、今後も殺人が続く可能性もあるし、最悪の場合、未解決になってしまう。そのため、捜査本部には嫌な空気が漂っていた。案の定、二十日近く経っても活路が見いだせずにいた。捜査中に次の被害者を出せば、世間やマスコミからのバッシングは必至。もう一刻の猶予もないという焦りが、現場の捜査員たちを苛立《いらだ》たせていた。

そんな中、急転直下で事件は解決した。実に呆気《あっけ》ないものだった。挙動不審の男が犯行現場の近くを歩いており、それを見た巡回中の警察官が職務質問したところ、男が逃げ出したので追いかけて取り押さえた。男の所持品を確認すると、手に持っていたバッグからナイフが出てきた。その形状と、被害者の刺創《しそう》が一致し、自白したため逮捕となった。必死の捜査が無駄になったとは言わないが、運が手助けしたのは間違いない。

昨日は祝勝会が行われ、捜査本部は解散となった。

事件が解決したという安堵感《あんどかん》が、刑事部屋に充満している。

捜査本部に二十日間拘束されていた薫も、今日の出勤が終われば五連休を取れることになっていた。

何事もなく一日が終わればいいと願う。

「明日からの連休、どうするんだ？　事前申請が出ていないようだが」

立ったまま、西宮が訊ねてきた。警察官は、外泊を伴う旅行などをする際は、事前に届出が必要となる。

「この連休は、家でゆっくりと過ごすつもりです」

その返答に、西宮は奇妙なものでも見るような視線を向けてくる。

「買い物とかは行くと思いますが」

追加情報を告げたが、西宮の表情は変わらなかった。

「……まぁ、休みの使い方は人それぞれだからな。ゆっくり休め」

憐《あわ》れみのこもった視線を向けられたように感じたが、気づかないふりをする。

夏は、外を出歩くような季節ではない。平然と四十度を超えてくる季節に不要不急の外出をするべきではなく、ゆっくり家で映画やドラマを見ているのが正しい過ごし方だ。

そう思いつつも、薫は自らの境遇の寂しさを思う。バツイチで三十路を超えている。どちらかといえば性格はきつく、愛想もない。趣味もないので、新しい出会いもない。警察は完全な男社会なので周りに男は掃《は》いて捨てるほどいるが、恋愛対象という意味で見れば、ここは不毛の地だった。

何か黒い物体が部屋に入ってくるのを、薫は視界の端で捉える。顔を向けると、黒い影の正体は、後輩の赤川《あかがわ》だった。

リュックサックを手に持ち、背中を丸めてこちらに向かってくる。不幸のオーラをまとった赤川に、皆が避けて道を開けていた。

「……おはよう、ございます」

痛みを堪《こら》えるようにして絞り出された声。表情は暗く、顔は血が通っていないのではないかと思えるほどに白い。丸々と太った顔は、今日はげっそりとやつれているように見える。

明らかに異常だった。いつも人の良さそうな笑みを浮かべている赤川からは、想像もできないほどの憔悴《しょうすい》ぶりだ。

自席に座った赤川は、顔から滝のように流れている汗をタオルで拭った後、リュックからペットボトルの炭酸飲料水を取り出し、一気に飲み干した。

そして、出っ張った腹を擦《さす》り、魂が転がり出てきそうなほどの大きなため息を吐《つ》く。

目が合う。

関わりたくないと思った薫は咄嗟《とっさ》に顔を伏せ、仕事をしているふりをする。僅《わず》かな間を置いて、再びのため息が聞こえてくる。目を合わせなくても、視線を向けられているのは明らかだった。

「……どうしたのよ」

からみつくような無言に耐えられなくなった薫が、観念して訊ねる。

すると、なぜか迷惑そうな顔を浮かべた赤川は、眉間《みけん》に皺《しわ》を寄せたまま口を開いた。

「……実はですね、彼女から別れようと切り出されまして」

「いつ？」

「昨日の夜です。祝勝会の後」

「それは……ご愁傷様《しゅうしょうさま》」

慰めの言葉としては淡泊すぎるが、これよりほかに言いようがなかった。

女性と付き合い始めたと赤川が報告してきたのは、二カ月ほど前。それからというもの、毎日のように惚気話《のろけばなし》を聞かされ、いい加減うんざりしていたところだった。赤川の容姿は女性受けするものではなく、付き合った経験もほとんどないと言っていた。久しぶりにできた彼女。浮かれるのは分かるが、事件現場でも彼女とのデートの話をされるのには辟《へき》易《えき》した。

別れたと聞いて、いい気味だと思ってしまったが、そんな自分の性格の悪さに薫は後ろめたさも感じた。

「……原因はなんなの？」

胸の内の疚《やま》しさを霧散《むさん》させるため、優しい声になるよう意識する。

赤川は丸みを帯びた肩を落とした。

「原因は、会えないからだそうです。ここ最近、仕事漬けでしたし」

警察官にはありがちな理由。休みも変則的だし、勤務時間もばらばら。理解がないと付き合うのは難しい職種だ。

「はぁ……一昨日、ネックレスをあげたばかりなのになぁ。高かったんですよ、あれ」

「いくらしたの？」

「百万円くらいです」

「ひゃく……」

声が漏れる。どんなハイブランドのネックレスを買ったのか分からないが、百万円のネックレスをプレゼントするほどの高給取りではないはずだ。

「……誕生日とか？」

「いえ、付き合って二カ月の記念に欲しいって言われていたので」

薫は険しい顔をする。二カ月の記念に、百万円のネックレス。雲行きが怪しくなってきた。

「ほかにも、バッグを買ってあげたりもしたんですよ。二十万円のバッグです。それなのに、急に別れるなんて言われても心の準備が……」

悄気《しょげ》た様子の赤川は、今にも泣き出しそうだった。

薫は、気取《けど》られないようにため息を吐く。

食い物にされていたことに気づいていないようだ。恋は盲目《もうもく》とはよくいったものだ。ただ、それを指摘するつもりはなかった。

見る目がないのは薫も一緒だ。元夫と結婚したという汚点が、今も亡霊のようにつきまとっている。

「まぁ、お金を使いすぎる付き合いは疲れるだけだよ。まだ若いんだし、新しい恋でも探しなよ」

当《あ》たり障《さわ》りのないことを言って励ます。

赤川は迷惑そうな顔のままだったが、ようやく白い顔に血が巡ってきたらしく、顔色がよくなってきた。

「……そうですよね。もともと、金蔓《かねづる》だと思われていたわけですし、破産する前に別れられてよかったです」

気づいていたのか。それでもなお、別れたことにショックを受けている赤川が、少しいじらしく感じた。

「失恋話はそのくらいにして、ちょっといいか」

いつの間にか、西宮が二人の中間点に立っていた。その顔を見て薫は、嫌な予感がする。

「見に行ってほしい現場があるんだ。人が死んでいるという通報があってな。状況から病死で間違いないだろうが、念のためだ」

予想が的中した。

「……まさかとは思いますが、事件性があった場合、連休が返上されるとかはないですよね。僕、休んで傷心を癒《い》やしたいんですが」

悲痛そうな顔で訊ねた赤川も、明日から連休を取る予定だった。

西宮は困ったような笑みを浮かべる。

「安心しろ。たとえ殺人事件だとしてもお前たちに担当させるつもりはない。警察にも、働き方改革の余波が及んでいるからな」

そう言った西宮は、含みのある笑みを浮かべる。

「明日からの連休、二人で旅行にでも行ったらどうだ？　お互い独り身だろ？」

呆《あき》れてしまうような提案。それを無視した薫は、現場に行く準備を始めた。


向かった先は、立川柏町《たちかわかしわちょう》にある団地だった。

捜査車両を停め、八号棟の一〇二号室に入る。規制線などは張られていなかった。

部屋は窓が閉め切られており、蒸していた。呼吸を止めたくなるような腐臭《ふしゅう》が立ち込めている。薫はポケットからハンカチを取り出して、口と鼻を覆《おお》った。

先に到着していた制服警官と検視官に挨拶する。

遺体は、寝室に使われていたであろう部屋に敷かれた布団の近くに横たわっていた。布団から上半身がはみ出している。身体の向きから、起き上がって台所に向かおうとしたところでこと切れたように見える。

腐敗が進んでいて、床や布団が体液で変色している。蛆《うじ》も湧《わ》いており、早くこの場から立ち去りたいと思う。

「名前は神田歩美《かんだあゆみ》。四十歳。ここで一人暮らしをしていたみたいです。外傷などはなさそうです。病死でしょうね。冷房をつけていなかったため腐敗が酷《ひど》いですが、死後二日といったところでしょうか」

検視官の一人が告げた。

薫は目を細める。部屋にも遺体にも、争った形跡は見られない。口元に、ピンク色の液体が乾いたような形跡がある。急性心臓死を裏付けるものだ。

事件性なし。

薫は安堵する。いくら明日からの休みが保証されているとはいえ、殺人事件が発覚して捜査が始まったのを尻目に休むのは気が引ける。

「酷い臭いですね……これじゃあ、今日ステーキは食べられなさそうだな。予定を変更して、刺身にします」

赤川が呟く。刺身もどうかと思ったが、極力口を開きたくなかったので聞こえないふりをした。

事件性はなさそうだが、一応ひととおり部屋の中を確認した。

間取りは1DK。内装は古く、壁紙は日に焼けていた。しかし、不衛生と感じるようなところはない。掃除が行き届き、整頓《せいとん》され、秩序を保った部屋。キッチンのシンクは綺麗《きれい》に磨《みが》かれており、清潔感があった。家具は必要最低限だったので、狭い部屋が広く感じるほどだった。質素だが、住み心地はよさそうだ。食器類は、ほとんどが一セット。一人暮らしというのは間違いなさそうだった。

「羽木さん。ちょっとこっち来てください」

赤川の声に振り返ると、寝室の窓際に置かれた小さな机の前に立っていた。

「……なにか見つけたの？」

ハンカチを強く当て、くぐもった声で訊ねる。

「机の上に開かれていたノートなんですけど、どうやら日記みたいなんです」

開かれたページを覗《のぞ》き込《こ》む。たしかに、三日前の日付と、文字が書き綴《か つづ》られていた。

『毎日、あなたが生きていることに感謝しているの。ご飯を食べ、遊び、学んでいる。そのことが私の喜びであり、生きがい。あなたの産声《うぶごえ》を、今でも覚えている。振り絞るように声を震わせ、必死に泣いていた。その声があまりにも美しくて、思い出すだけで胸がいっぱいになる。近くにいることはできないけれど、また、少しだけでも姿を見ることができれば、それだけで私はいい』

丁寧な字で書かれた文字は丸みを帯び、どこか少女のような字体だった。

「……あなたって、子供のことかな」

薫の呟きに、赤川は応じる。

「そうでしょうね。ほかの日の日記には、息子という表記がありました。この部屋、一人暮らしっぽいですし、子供は独立したんでしょうかねぇ」感慨深そうな声で続ける。「僕は子供を持ったことはありませんけど、こんなふうに考えるものですかね。子供って、そんなにいいものなんですかねぇ」

赤川は、ページをめくって、内容を読み始めた。

薫は目を瞑《つむ》る。頭を摑《つか》まれ、前後に激しく揺さぶられているような感覚に陥った。

「……もう限界」

耐えられなくなり、大股で部屋を後にする。

外に出て、大きく息を吸い込む。部屋の中で浅い呼吸を意識していたため、一気に酸素が脳に回り、軽い眩暈《めまい》がした。

全身に新鮮な酸素が循環したと感じてから、キーを取り出して車内に滑り込む。日の差す場所に停めていたせいか、車内は暑くなっていた。エンジンをかけ、冷房を最大にする。バッグから鎮痛剤を取り出し、水を使わずに二錠飲み込んだ。

頭痛がした。部屋に充満していた臭いを嗅《か》いだせいだ。ただ、原因はそれだけではない。

――子供って、そんなにいいものなんですかねぇ。

その言葉を聞いた途端、急激に具合が悪くなった。

薫にとって、子供という言葉は心の傷を抉《えぐ》るものだった。妊娠しにくい体質が理由で夫に攻撃され、心から多くの血を流した。子供が作れない欠陥品だと罵《ののし》られ、尊厳を踏みにじられ、存在を否定された。そして、放り出されるように離婚した頃には、道行く子供を見るのも、話題に上るのも辛い状態になっていた。

離婚して一年以上が過ぎていた。自分でもそろそろ割り切るべきだと思うが、今も、傷ついた心は癒えていない。その傷から目を逸らすために仕事に熱中し、結果として私生活を犠牲《ぎせい》にしている。

徐々に冷えていく車内で目を閉じ、気持ちを落ち着かせる。今回気分が悪くなったのは、主に腐臭が原因で、子供の話は無関係だと自分に言い聞かせる。その自己暗示を自らに納得させた頃に、助手席のドアが開いて赤川が乗り込んできた。太っているので、僅かに車体が傾く。前よりも、明らかに体重が増加していた。おそらく、彼女がいた期間に美味しいものを食べまくったのだろう。

「気分はどうですか」

大汗をかきながら訊ねてくる。

「大丈夫」

そう呟き、シートベルトを締めてから車を発進させた。

最初の角を曲がったとき、赤川が手に持っているものが目に入る。部屋で見つけた、青い表紙のノートだった。

「……どうして持ってきたの？」

非難するような口調で問うと、赤川は唇を尖らせた。

「ちょっと調べたいことがありまして拝借しました。後で返しますよ」

「返すって……」

呆れ声を出しつつも、心がざわつく。赤川は、見た目はお世辞にも仕事ができるようには見えないが、意外に鋭いところがある。一つのことに執着すると、自分が納得するまで絶対に離さない男だった。

少し前に、アイドルグループの一人が路上で暴行を受けた事件が発生した。防犯カメラの映像から、顔は分からなかったものの、犯人は男だろうと推測された。暴行に遭《あ》う前に、何度か脅迫文も届いており、ファンによる犯行という線で捜査が開始されたが、その方針に異を唱えたのが赤川だった。

赤川は前にも、ストーカー被害に遭っている女性を守るために、ストーカーになりきって事件を解決したという異色の実績を持っていたため、面白がった課長の西宮が単独捜査を許した。赤川は早速、アイドルグループのファンになるために二日を費やしてグッズやDVDを買いあさり、被害者を除く八人のメンバーの個性や関係性を頭に叩き込んだ。メジャーなグループではなかったが、立川市ではそれなりに名が知られているらしかった。

赤川は、特に熱狂的なファンと接触し、ファン同士の関係性を調べ、すぐに犯人はファンの中にいるかもしれないが、同じグループのメンバーの一人が関与していると報告する。そして、メンバーと被害者の確執、実行犯と依頼者の恋愛関係について、ホワイトボードを使って熱弁した。結果として、その見立てどおりだった。

この事件は、時間をかければ解決できるようなものだったが、赤川はそれを短時間でやってのけた。

そして、解決したことを被害者に報告した赤川は、すでに立派なファンになっており、握手とサインを求めて西宮に叱《しか》られていた。正直、赤川の捜査の仕方は褒《ほ》められたものではないが、事件を解決に導いたのは間違いないのでなにも言えなかった。

「……まさか、他殺だとか思ってないでしょうね」

赤信号で停まり、視線を向ける。赤川は真剣な顔をしていた。

「状況から見て、突然死だと思いますよ」

「それなら、どうしてノートを持ってきたのよ」

「どうしてでしょう……」

語尾が萎《しぼ》む。

「自分でも、よく分からないんですけど……」

煮え切らない返事に、頭を抱えたくなる。頭痛が酷くなっていくような気がした。


立川警察署に戻ると、すでに神田歩美についての情報が集まっていた。

薫は、机の上に載せられた住民票や戸籍謄本《こせきとうほん》を一瞥《いちべつ》する。

「現場、どうだった」

西宮に問われた薫は、肩をすくめた。

「事件性はないですね。争った形跡もないですし、少し若いのが気になりますが、見たところ典型的な自然死です」

「一応、外傷などがないかを確認するが……まぁ、自然死だろうな」

西宮は、自席でノートを開いている赤川に顔を向けた。

「それ、現場から持ち帰ってきたのか」

「そうです」

ノートから目を離さずに答えた赤川は、ページを一枚めくる。

奇妙な間《ま》が生まれる。

「……ちゃんと、遺族に返せよ」

静かに呟いた西宮が離れていった。

薫はため息を吐いた。

西宮は、赤川の突飛な行動を認めることが多い。たとえそれが理にかなっていなくてもだ。ただ面白がっているだけなのか、面倒がって放任しているだけなのかは分からなかったが、そのせいで赤川の行動がどんどん酷くなっていく気がする。

先輩である薫は、赤川を指導する立場にある。しかし薫も、基本的には放任主義で通していた。その理由は単純。面倒なのだ。

ノートを熱心に見る赤川を視界の外にやり、書類仕事を整理していく。頭の中は、すでに連休のことでいっぱいだった。

刑事になってから、五日間の休みを取るのは二度目だった。一度目は新婚旅行だ。結果的に最悪の結婚だったが、あのときは幸せだった。モラハラ男が、上位一％の優良物件に見えた。当時の自分は目隠しでもしていたのだろう。今では、インドネシアのバリ島は二度と足を踏み入れたくない土地リストの上位に食い込んでいる。

提出しなければならない書類を片付けていく。報告書の類《たぐい》は何百回も書いているので、頭を使わずに書くことができる。明日から連休だということを考慮してくれているのか、仕事を割り振られることもなく作業に没頭することができた。

未処理の書類の山を崩しつつ、思考は明日へと飛んでいた。五日間の連休の初日は朝寝坊して、録り溜めておいたドラマを観よう。少し前に話題になっていた刑事ドラマだ。そういった類のドラマを観ない警察官は多い。設定に無理があるし、現実にはおよそあり得ない展開が多発する。それに興醒《きょうざ》めする警察官も多いが、薫は違っていた。フィクションくらいは、面白い展開があっていい。怒りと悲しみが渦巻く泥沼を這《は》いつくばり、感性と神経をすり減らしながら犯人を探す仕事をしている身にとって、絶対に解決する事件を追っている刑事の姿を見るのは、束《つか》の間《ま》の安らぎだった。

連休二日目は、買い物にでも行こう。ここ最近、私服を買った記憶がないので、たまには奮発しよう。川崎の実家に帰ることも頭を過《よぎ》ったが、両親から再婚の圧力がかかるのは目に見えていたので気が重かった。

三日目からはどうしようか。休日に会うような友人もいない。趣味もない。

四日目。

五日目。

予定が埋まらないことに悲しみがこみ上げてきたが、ともかく身体を休めようと思った。

「羽木さん」

その声で、現実に引き戻される。

赤川が、充血させた目を向けてきた。最初、どうして瞳《ひとみ》が赤いのか分からなかった。

――泣いている？

そう思い、嫌な予感に襲われる。

そして、予感は的中した。

「羽木さん。明日、付き合ってくれませんか。行きたいところがあるんです」

「どこに？」

突然の申し出に面食らった薫は、咄嗟に訊ねてしまう。無視すればよかったと後悔したが、すでに遅かった。

「東京都西多摩《にしたま》郡にある二荘村《にそうむら》というところです。神田歩美さんの死を、残された人に伝えたいんです。是非にでも」

あまりに突飛な申し出に、薫は声を出すことができず、口をポカンと開けたまま硬直した。

2

自分がどうしてこの場にいるのか、薫は不思議でならなかった。

ハンドルを握る手に力を込める。助手席に肥満体の赤川が座っている。黒いTシャツの胸元には、白地で〝CITY POP〟とプリントされていた。チノパンは細身で、今にも太股《ふともも》あたりが裂けそうなほど張っていた。

舗装された山道を進む。最初は道路にセンターラインが引かれてあったが、やがて対向車とすれ違うことが難しくなるような道路幅になった。

こめかみの辺りが痙攣《けいれん》する。

昨日、急に赤川から二荘村に行こうと提案されたとき、言っている意味が理解できなかった。フリーズしていた思考回路を無理やり動かして理由を聞いたところ、赤川は黙ってノートを渡してきた。なにも説明をしてこないことに腹が立ったが、手に取ったノートをめくってみる。そこには、息子に対する直向《ひたむ》きな愛情ばかりが綴られていた。薫にとって、子供というキーワードはできれば避けて通りたいものだ。しかも、息子への愛情を語る母親の日記を読むなど、負っている傷を自ら抉る行為に他ならない。それでも、赤川が泣いた理由が気になって読み進めていった。

日記の内容は赤川が言うように、息子を愛しているというものだった。その一途さに、赤川は心を打たれたようだ。神田歩美にとっては、息子が生きがいのすべてであるような印象を受ける。両親は他界し、親戚もいない。血の繋《つな》がりがあるのは、息子一人だけなのだろう。

普通の日記。ただ、少し違和感がある。

「どうして、神田歩美はあんな日記を書いていたんでしょうか」

何度も繰り返している問いを、赤川は口にする。まるで薫が答えを知っているような聞き方だった。

「だから、それを確かめに行くんでしょ。これから」

ハンドルを握りしめながら、薫は苛立った声を発する。

どうして、あんな日記を書いたのか。

これは、薫自身も疑問に思っていることで、こうして休暇の初日を犠牲にしてまで二荘村に向かっている理由の一つだった。

日記には繰り返し、息子の成長を喜び、それこそが自分が生きている理由だと書いてあった。

しかし、それはすべて想像の中でのことだ。

神田歩美は、十五年前に島村龍一《しまむらりゅういち》と結婚し、一人息子である晴樹《はるき》を儲《もう》けていた。結婚後は、二荘村で暮らしていたようだが、十年前に離婚している。

ここまではいい。

問題は、十年前に晴樹の死亡届が出されていたことだ。

戸籍上、島村晴樹は死んでいた。

つまり神田は、すでに死んでいる人間の成長を喜ぶ日記を書いていたことになる。

それだけならば、子を失った悲しみによって精神に異常をきたしたのだろうという推測もできる。しかし、日記には、ときどき晴樹を遠くから見ているような記述があった。

辻褄《つじつま》が合わない。

そのわけを知りたいと思ってしまった薫は、貴重な連休の一日を犠牲にすることにした。

ただ、理由はもう一つある。それが、助手席に座って流れる景色を眺めている赤川だった。

「車が運転できないので、助かりましたよ」

「……正確には、運転したくないから助かった、でしょ」

ため息交じりに言う。

先月、赤川は自家用車の運転中、横断してきた猫を避けようとハンドルを切って電柱に衝突しそうになったらしい。赤川自身怪我もなく、誰かを巻き込むようなこともなかったのだが、また猫が横切ってくるのではないかという恐怖心に囚われ、それ以後、車の運転を拒否していた。

つまり、今の状況は、足として使われているということだ。

「いやぁ、僕、猫好きで。いつまた猫が飛び出してくるんじゃないかと心配で心配で、運転が苦痛になってしまったんですよね。しばらくすればこのショックから回復すると思いますけど、まだ療養中です。本当、今日は助かりました」

そう言って、箱に入ったクッキーを勧めてくる。薫はそのうちの一つを抓《つま》んで、口に放り込んだ。

目的地に近づくにつれ、道幅が狭くなっていく。

軽自動車ならば運転しやすいが、今乗っているのはボルボのＳＵＶだ。車体が大きいので運転しにくい。赤川が所有するもので、わざわざ一日保険というものに加入し、薫がハンドルを握っていた。

それにしても、ずいぶんと良い車に乗っているなと思う。警察の給料だけで簡単に買えるものではない。

百万円のネックレスをプレゼントするのも、分不相応だ。もしかしたら、赤川の家は資産家なのかもしれない。

「あそこですね」

赤川が指差す先に、木で作った立て看板があった。

〝二荘村へようこそ〟

ほとんど朽ちていたが、文字は辛《かろ》うじて読むことができる。

自分の行動に意味があるのかという自問を脇へと押しやった薫は、ウインカーを出し、左へとハンドルを切った。

無料駐車場と書かれた看板が掲げられた空き地に停め、車を降りる。ほかに車はない。砂利敷きなので歩きにくい。スニーカーを履いてきてよかったと思う。

遠くに民家らしき建物が見える。昼は深緑に、夜は闇に紛れるような色をしていた。

ここへ来る前に、インターネットで二荘村の地図を検索した。上空から見ると、村域の九割以上が森林のようだった。蟬の音が四方八方から迫ってくる。羽虫が弾丸のように飛び交う。息を吸えば草木の濃い匂いに咽《む》せそうになった。

こんな山奥に住んでいて不便ではないのだろうか。そもそも、東京都に村があること自体知らなかった。

駐車場を出る。舗装《ほそう》されていない道が続いていた。ここも歩きにくい。

途中、木で作られた案内板が立っていた。そこに貼られたポスターには、大きく〝一心祭〟と書かれてある。日時は明日だ。

「この祭り、マニアの間ではちょっと有名なんですよ」

赤川は、なんでも首を突っ込みたがる性格だったので、知っていても不思議ではない。

「ポスターを見ると、一日だけしか記載していないでしょう？　でも、実は二日目もあるんです」

聞いてもいないのに説明を始める。ただ、少し興味をそそられたので喋るに任せておくことにした。

「一日目は屋台も出るし、鎮守神《ちんじゅがみ》を祀《まつ》るイベントもあるんです。えーっと、守神様《まもりがみ》と呼んでいたと思います。実は、この二荘村って意外に歴史があって、守神様は、ここら一帯を支配していた豪族に対抗するために祀られ始めたようなんです。いわゆる、豪族の一族神と対立構造を作るために作られた鎮守神ですね。豪族の支配下になるのを拒んで、二荘村は権謀術数《けんぼうじゅっすう》を巡らせたようですよ」

話が逸れましたと、赤川は一呼吸入れる。

「それでですね。その守神様を祀る一心祭《いっしんさい》なんですけど、一日目は村外からの一般客も招き入れて和気あいあいとやっているようなんですが、オープンになっていない二日目は、一般客立ち入り禁止なんです。でも、たしかに二日目の一心祭はあるみたいなんです。憶測が憶測を呼んで、テレビ局が取材を申し入れたこともあるらしいんですけど、当然拒否。なにをしているのかも不明で、ちょっと不気味な噂もあるんです」

「……不気味な噂？」

引きのある喋り方をされ、思わず訊ねてしまう。

「それがですね。村の意向に沿わない人間を一人選んで、守神様が食べやすいサイズに解体して奉納しているとか」

誰かに頬を撫でられたような気がして、薫は身震いする。

赤川はにやりと笑う。

「眉唾物《まゆつばもの》です。でも、なにをやっているのかは気になります。インターネットで検索すると、祭りの様子を盗み見しようとして失敗した記事とかを読めますよ。そこまでして村の人たちが内容を隠していると、興味が湧いてきますよね」

声に、捜査をしているときに発するような粘度が含まれていた。

薫は目を細めた。魂胆が透けて見える。

「……もしかして、今回ここに来た本当の理由は、その祭りを調べたいからとかじゃないよね？」

その言葉に、赤川は慌てたように忙《せわ》しく首を横に振った。

「まさか。僕は日記の秘密を知りたかったんです。祭りの件は、ついでです」

薫は脱力したが、赤川が休みの日になにをしようと自由だ。

祭りの内容も気にならないではないが、そこまで付き合う筋合いはない。明日は、服でも買いに行って、夜はドラマを観て過ごすつもりだ。

開けた場所に到着する。

民家と思われる家が密集しているエリアがあり、寄り合いに使われるような大きな建物も右手に見える。なんの変哲もない景色だった。棚田《たなだ》らしきものがあるが、荒れている。今は使われていないようだ。

その先に、神社の境内《けいだい》が見える。赤い提灯《ちょうちん》がぶら下がっており、祭りの様相を呈していた。今のところ、村人に出くわしていない。午後一時。こんな暑い時間帯に外に出る人間はいないのか。それとも、人口が少ないのか。

「さて、では早速捜しますか」

赤川が張り切った声を出す。汗が黒いTシャツを濡らし、前髪からも滴《したた》っている。服のまま遊泳してきたかのようだ。

「捜すって、なにを？」

「決まってるじゃないですか。元夫で、村長の息子の島村龍一ですよ。神田さんの死を伝えて、死んだ子供が生きているかのように書かれた日記について聞くんです」

赤川は眉を八の字にする。物分かりの悪い相手に向けるような顔だった。

ただでさえ暑くて苛立っている薫は、赤川を一睨《ひとにら》みしてから歩調を速める。

「ほら、あの家でしょ」

前方を指差した。

「……どうして分かるんですか」

赤川は訝《いぶか》しそうに訊ねる。

「島村家がこの村の村長なら、一番大きな家に住んでいるんじゃない？　村長の息子である島村龍一が同居しているかは分からないけど、あそこに行けば居場所は分かると思う。権力と家の大きさは、だいたい比例するものだから」

間違っているかもしれないが、無闇に歩き回りたくはなかった。

「……たしかにそうですね」

頷《うなず》いた赤川は、満面の笑みを浮かべ、滴る汗を手で拭った。


その赤い屋根の家は、ほかの民家よりも小高い場所に建てられてあった。それほど急な坂ではなかったが、そもそもが標高の高い場所にあるので太陽が近く感じられ、暑さで溶けそうだった。家の前に到着したときには、心臓が強く肋骨《ろっこつ》を叩いていた。

家の表札には〝島村〟と書かれてある。予想は間違っていなかったようだ。

眼前に鎮座する家は平屋で、見るからに頑丈な造りだった。他を圧迫するほどの大きさ。田舎《いなか》でもあまり見ない規模である。

「どちらさん？」

インターホンを押そうとした薫は手を止め、声がしたほうに顔を向ける。

そこに、長身の老人が立っていた。

見開かれているような大きな目が特徴的だからか、それ以外のパーツが小ぶりに見える。顎《あご》が異様に細く、カマキリを彷彿《ほうふつ》とさせた。こんな暑い日にもかかわらず、長袖のシャツを着ていた。

「えっと……私は……」

言葉を継げなくなる。

今回の来訪について、どう説明しようか考えていなかった。神田歩美と島村龍一は十年前に離婚しており、今さら死を伝えることが果たして適切なことなのかも疑問だった。

「立川警察署の者です。島村龍一さんにお会いしたいのですが」

薫がまごついていると、横にいた赤川がすらすらと喋り出す。

男は、片眉を上げる。

「……警察？　立川警察署は、管轄外のはずだがな」

警察の管轄を即座に言う市民に会ったのは初めてのことだった。

「そのとおりです。今日は、警察の仕事で来たわけではありません。ですが、あるいは、警察の仕事でもあるかもしれません」

禅問答のような切り返しに、男は切れ長の目を細める。

「倅《せがれ》は留守だ。いつ戻るかも分からんから、用件は私が聞こう」

倅。つまり、目の前の男が二荘村の村長である島村充邦《みつくに》ということか。今回の目的は、神田歩美と離婚した龍一に会うことだったが、充邦から話を聞くのも悪くないだろう。

てっきり家の中に入れるのかと思ったが、充邦は、その場から動こうとしない。家に招き入れる意思がないのは分かるが、炎天下の日向《ひなた》で立ち話をしていたら、おそらく充邦が最初に倒れるだろう。

「ちょっと話が長くなるので、家にお邪魔してもいいですか」

赤川の言葉に、充邦は表情筋を駆使して難色を示す。

「あんたらが本当に警察かどうかも分からんじゃないか。詐欺《さぎ》集団の一味かもしれない。特殊詐欺も、どんどんと複雑化していると言うしな」

たしかにそのとおりだと薫は思う。私服姿の男女が突然訪ねてきて、警察だから家の中に上がらせてくれと言われたら疑うべきだろう。

警察手帳は持ってきていなかった。失くしたら懲戒処分の対象になるので、休日は鍵のかかるタンスの中に入れてあった。

どうやって信用してもらおうかと考えていると、赤川が茶色のチノパンのポケットに手を突っ込み、黒いものを取り出した。警察手帳だった。手帳といっても、二つ折りのバッジホルダー式だ。

「これで信用してもらえますか」

金色の記章が輝く。

眩しそうに目を細めた充邦は、不満そうな顔をして踵《きびす》を返した。

家の中は広々としていた。

三和土《たたき》で靴を脱ぎ、上《あ》がり框《かまち》を越える。綺麗に掃除されているが、天井や梁《はり》を見ると、かなり築年数が経っていると分かる。ただ、いい意味で古めかしい。古民家を売りにカフェでも開けば集客が見込めるかもしれない。

幅の広い廊下を進む。着地するたびに軋《きし》む木の音以外に、家の中で物音はしなかった。

通されたのは、十五畳ほどある和室だった。縁側にある引き戸は開け放たれ、深緑が広がる風景が一望できる。二荘村を見下ろす景色。

エアコンの類はつけられていなかったが、外にいるよりは涼しかった。

部屋の中心に置かれた座卓の前に座る。

「明日は一心祭ですね。準備は順調ですか」

赤川が明るい声を発する。脂肪が邪魔なのか、それとも身体が硬いのか、胡坐《あぐら》が辛そうだった。

投げられた話題が意外だったのか、そもそも答える気がないのか、充邦は反応を示さなかった。

「先ほど神社の前を通ったんですけど、提灯とかは飾ってありましたね。祭りって感じですね」

　その言葉でようやく、充邦の口が動き出す。

「……もう準備は終わっている。ここは老人ばかりだからな。準備は早め早めにすることにしているんだ。それに、最近は異常気象の影響か、急に雷雨になったりするからな」

「たしかに。この前もどこかの町が冠水していましたよね。なんかもう、地球も終わりかもしれませんね」

「そう思ってしまうくらいの異常気象だな」

　赤川は頷く。

「例年の夏って、こんなに暑かったでしたっけ。一説には僕が太っただけだとも言われていますが、この暑さも異常です。僕が太るスピードを遥かに凌駕《りょうが》する気温上昇です」

　充邦は、警戒と困惑が綯《な》い交《ま》ぜになったような表情を浮かべていた。

　無駄話を続けていた赤川が、喉《のど》になにかを詰まらせたかのような咳《せき》をして、涙目を拭った。

「……それはそうと、一心祭ですけど、僕、一度も参加したことはないんですよ。以前から興味はあったんですが、なかなか足を運べなくて。警察官って、休みが不定期ですから。ちなみにですが、二日目は、村の人しか参加できないんですよね」

　さらりと発せられた言葉に、充邦は迷惑そうに眉根をひそめた。

「祭りは、明日一日だけだ」

「またまたぁ」赤川は笑みを浮かべる。

「一心祭に二日目があることなんて誰でも知っていますよ」

そんなわけがないだろうとツッコミたい気持ちを、薫はなんとか堪える。

充邦は苦々しい顔になった。

「祭りは一日。ただ、二日目は村民たちの慰労会にしている。それが二日目の一心祭の正体だ。お前さんがなにを聞きたいのか分からんが、噂に出ているような奇怪な儀式など一切しておらん。缶ビールを飲んで出前の寿司を食っているだけだ」

淀《よど》みなく言った充邦の視線が鋭くなる。痺《しび》れを切らしたらしく、身体を揺すっていた。

「世間話はいい。ここに来た理由を早く言え」

その問いに答えるはずの赤川が、なぜか視線を向けてくる。その目は、説明するように促《うなが》していた。しかも、少しだけ得意げな顔。

理解に苦しんだ薫だったが、ここで口論するよりも、早いところ用事を済ませたほうがいいと判断する。

「我々は、神田歩美さんの件で伺いました」

充邦の頬が僅かに痙攣する。表情が変化しないように努めているのか、変化はそれだけだった。

「神田歩美さんは、息子さんである龍一さんと結婚されていた方です」

充邦は、その名前を嚙み砕くように口を動かし、飲み込むように喉を上下させた。

「……そんなことは分かっている。で、なにが聞きたい」

「神田歩美さんと最近、お会いしましたか」

目を瞬《しばたた》かせた充邦は、汗で貼りついたシャツを指で抓む。

「……倅と離婚して十年、一度も会っていない」

薫は表情を観察する。嘘を言っているようには思えない。ただ、本当だという確信もなかった。人の嘘を見抜くには、いくつもの動きを判断材料にする。表情はもちろん、身体の動きも重要な要素だ。目の前に座る充邦に、特段の変化は見られない。もっとも、嘘を吐く理由もないだろう。人の発言の真偽を探りたくなるのは、職業病のようなものだ。

「実は昨日、神田さんが亡くなられているのが発見されました」

その言葉に充邦は、彫刻刀でつけられたような顔の皺を深める。

「……自殺か？」

「いえ、心筋梗塞《しんきんこうそく》でした」

「……そうか」

安堵したような息を漏らした。

その様子を見た薫は、疑問に思う。十年前に離婚して以来、会ったことはないと言っていた。それなのに、死んだことを伝えたことに対して、自殺を心配した。

離婚時になにかあったのか、それとも、会っていないというのは嘘なのか。

「それで、なにをしてほしいんだ。こうしてわざわざ来たということは、頼みたいことがあったんだろう」

態度が軟化している。その理由も分からない。信用してはいけない種類の人間であるような気がした。

「ご遺体を引き取る意思はありますか」

神田歩美には身寄りがない。火葬をする人が見つからない場合、市役所が代わりに火葬を行う。警察が率先して引き取り手を探すことはしないが、本題に入る前に、もう少し充邦の様子を窺《うかが》いたかった。

予想していた言葉だったのだろう。充邦は間を置かずに頷く。

「いいだろう。すでに一族ではなくなったとはいえ、無関係と切り捨てるわけにもいくまい」

快諾。

その裏に、なにが潜んでいるのか。気持ちが完全に刑事モードに突入したことを認識した薫は自分を呪《のろ》った。間違いなく職業病。

「それでは、後ほど別の人間から手続きの連絡がいきますので」

薫の言葉に首肯した充邦は、壁掛けの丸い時計に目をやる。

「話はそれだけか？　祭りの支度は済んだが、こういった日は、やることがどんどん湧いて出てくるからな」

「もう一つあります」

立ち上がろうとしたところを制止した薫は、隣に目配せする。

赤川は書類鞄《かばん》からノートを取り出し、テーブルの上に置いた。

「これは、神田さんの部屋から見つかったものです。日記のような使い方をされていたようですが、内容が妙なんです」

ページを開き、読みやすいように向きを反転させる。

「ここには神田さんの日常ではなく、死んだはずの息子さんの成長記録が書かれてあったんです」

充邦は、ノートにじっと視線を落とす。眼球は動いておらず、文字を追っているわけではなさそうだ。穢《けが》らわしいものでも見るような調子で凝視している。その様子は、ノートが忌むべきものを持ち込んだとでも言いたげだった。

「神田さんと龍一さんとの間にできたお子さんは、亡くなられたんですよね。たしか、晴樹君でしたね」

「あぁ、死んだよ」

先ほどの声とは明らかに違う。声のトーンを落とすことで、感情の機微を覚られないようにしているかのようだった。

「死因はなんだったんでしょうか」

「……警察なら、そのくらい調べれば分かるんじゃないのか？」

「それはそうなんですが、ご遺体が発見されたのが昨日でしたし、時間がなかったんです」

遺体発見後、赤川はいつもの偏執的な性格を発揮して情報収集を行い、資料を作成していた。しかし、薫はそれに目を通していなかった。

充邦は、誤って渋柿《しぶがき》でも頬張《ほおば》ってしまったような顔をする。

「山で迷子になってな。翌日、遺体で発見された。崖《がけ》から落ちて頭を打ったらしい」

「事件性はなかったんでしょうか」

「あるわけないだろう」

声が震えている。露出しそうな怒りを理性で押し殺したようだ。

感情的になれば、それだけ綻《ほころ》びが生じる可能性が高くなる。煽動《せんどう》したい欲求に駆られるが、思いとどまる。相手は容疑者ではない。無闇に人を傷つけるつもりはなかった。

ゆっくりと息を吸った薫は、慎重に言葉を選ぶ。

「ですが、神田さんの日記には、かなり詳しく成長されている息子さんのことが書かれてありました。想像で書けるようなものではないような気がします。まるで、実際に成長を見ているような……」

「頭がおかしくなっていたんだろう」充邦が声を荒らげる。

「これ以上、なにを聞いても私は知らん。帰ってくれ」

感情が噴出した。純粋な敵意が、充邦の全身から発せられていた。顔が歪んでいる。怒り。それはもちろんあるだろう。しかし、その薄皮の下に、なにか隠れているものがあるような気がした。

追い立てられるように家を出た薫は、一度振り返った。

腕を組んだ充邦の鋭い視線が刺さる。一刻も早く立ち去らなければ、塩でも撒《ま》かれそうな形相だった。

「行きましょう」

先を歩く赤川に声をかけられた薫は、しぶしぶ家を離れた。

坂を下りる。急に明るい場所に出たからか、眩暈のような揺れを感じる。

周囲を見渡すと、ちらほらと村民の姿を見かけた。大抵は高齢者だったが、若者もいた。皆、薫と目を合わせると不審そうな顔を浮かべる。祭りの日ならともかく、平時によそ者が来ることは稀《まれ》なのだろうか。観光資源のようなものも見られないので、わざわざ訪れる人もいないのだろう。

「充邦さん、ちょっと怪しいですよね」赤川は続ける。「神田さんに十年間会っていないというのは嘘でしょうね」

薫は頷く。

「ただ、会ったことを隠す意味が分からない」

「なにかあるんですよ」

弾むような声。

赤川の顔は、獲物を見つけた肉食獣のように輝いていた。

これは捜査じゃない。水を差すことはできたが、そうはしなかった。薫自身、内にある好奇心が膨らんでくるのを意識する。

神田歩美の家にあった日記を思い起こす。あの日記に書かれた内容は、晴樹が生きていないと書けないものだ。

「晴樹君は、本当に死んでるの？」

「間違いないでしょうね。少なくとも、死亡届は確実に出ています。当時の記事も確認しましたよ。村長の孫ということで、地域版の新聞に取り上げられていました。十年前なので遺体はもちろんありませんが、替え玉なんて芸当ができるはずがありませんし、死亡を偽る理由もないと思います」

薫は遮蔽物《しゃへいぶつ》のない、広い空を見上げる。

日記に書かれた人物は、いったい何者なのか。

もし、本当は生きていると仮定して――。

死亡したと偽る理由。偽ることができる状況だったとしても、そうする理由が果たしてあるのだろうか。

「これからどうするつもり？」

「二荘村について、調べてみます」

「それは、純粋な好奇心？　それとも別の理由？」

その問いを受けた赤川は、腕を組む。困ったような表情。自分が調べる理由を明確に認識していなかったようだ。

「……分からないですが、一番は、日記に書いてあった息子さんが存在していたのかを確かめたいという思いでしょうね」

薫も同意見だった。

充邦が言っていたように、神田歩美が正気を失っていたということもあり得る。しかし、その可能性は低い気がした。神田歩美の遺体が見つかった部屋は、綺麗に整頓されていた。神経質な人間が住まう部屋とも違う。丁寧な生活を心がけている人間が作り出す空間。心に変調があれば、あのような部屋には決してならない。

せっかく得られた貴重な連休に、事件でもないことを探る。その行動に我ながら呆れ、深いため息を吐いた。

「これからどうしますか？　僕、少し村民に聞き込みをしようと思っているんですけど」

能天気な顔で言う赤川の顔を睨みつける。

「私は先に帰る。そう言ったら、赤川は徒歩で帰るの？」

立川から二荘村まで車で約一時間かかる。それを徒歩で帰るなど、赤川にできるはずがない。つまり、聞き込みに付き合うのは当然だと思っているのだ。

その態度が気に食わなかった。

赤川は、小首を傾げる。

「このまま帰ったら、謎は謎のままですよ。それでもいいんですか」

薫は全身の力が抜ける。暖簾《のれん》に腕押しだ。赤川に社会性を求めた自分が悪かった。

「……それで、なにをどう聞き込みするつもり？」

軽度の偏頭痛を感じながら訊ねる。

赤川は、二重顎に滴る汗を手で拭う。

「そうですねぇ。まぁ、足を使うしかなさそうですね」

快活な声を発し、一番近い家へと向かっていった。

黒い瓦屋根が載った家は、棟がやけに高い印象を受けた。棟の高さが財力を示すと昔聞いたことがある。もしそれが本当ならば、かなりの金持ちが住んでいるということだ。

門の前に、老婆がいた。花柄のワンピースを上品に着こなし、ばっちりと化粧をして、リボン付きのつばの広い帽子を被っている。どこかに出かけるつもりらしく、門を閉めているところだった。

「すみませーん」

赤川が手を上げながら老婆に近づいていく。

「ちょっとお話を聞きたいのですが」

「どなたでしたっけ？」

少し高めの声は穏やかで、警戒している様子はない。

「警察です」

そう答えた赤川は、警察手帳を取り出す。

老婆は、物珍しい動物でも見るような視線を赤川に向け、目を瞬かせた。

「……警察が、なんのご用でしょう」

「十年前に起きた、島村晴樹君の死亡事故について教えていただけませんでしょうか」

赤く塗った唇を突き出した老婆が喋り出す前に、赤川は続ける。

「いえ、実はですね。警察署で資料を整理していたんですけど、晴樹君に関する保管書類を誤って捨てちゃったんです。僕、上司にかなり怒られまして、それで、せめて事情を知っている人に話を聞いて報告書を提出しろって言われたんですよ」

赤川の嘘を聞いた薫は、少し感心した。警察が聞き込みをすると、あらぬ疑念を招くことが往々にしてある。それが噂となって広がることで、捜査対象の周囲に被害を及ぼすリスクが生じる。赤川の方便は、不信感を植え付けないための配慮なのだろう。社会性はないが、妙なところで気が利く。

老婆は、その嘘に納得したように頷き、柔和な笑みを浮かべる。

「それは大変ねぇ。私が知っていることでしたらいいですよ。でも少しだけね。買い物に行かなきゃならないから」

「ご協力、感謝します」

赤川は窮地から脱したような表情を浮かべながら、砕けた敬礼をする。

では早速、と手を揉《も》んだ。

「十年前に亡くなった晴樹君ですが、たしか五歳だったでしょうか」

「そうよ。もう、大変だったんだから」老婆は当時のことを思い出したのか、沈鬱《ちんうつ》そうに表情を曇らせる。

「晴樹君が行方不明になったって大騒ぎになってね。村人総出で捜したの」

「晴樹君はどういった経緯で、行方不明になったんでしょうか」

「友達と山遊びをしていたみたいなのよ。でも、気がついたら姿が見えなくなったってことで。捜したんだけど、暗くなっちゃってたから一旦中断して。それで、翌日も警察が捜索してくれたんだけど、遺体で見つかっちゃったのよ。崖から落ちて、頭を打ったみたいで……可哀想に」

「それって、事故だったんですよね」

「痛ましい事故よ。警察も言っていたから、間違いないわよ。村長やご両親の様子を見ていると痛ましくて。もちろん、みんな悲しんでいたわ」

薫は話を聞きながら、老婆の様子を窺う。十年前のことだが、そのときの体験が強烈だったのだろう。今にも涙が溢れ出てきそうだった。

「そうですか……」

言葉を選ぶような沈黙を挟んで、赤川が再び口を開く。

「その亡くなった子供は、本当に晴樹君だったんでしょうか。もしかして、別の子供だったとか」

唐突に発せられた問いに、老婆は目を瞬かせた。

「……当たり前じゃない。なに言ってるの？」

声を固くした老婆は、胡散臭《うさんくさ》そうな視線を送り、予定があるということで話は打ち切りになった。

老婆の後ろ姿を見ながら、首筋を伝う汗を手で拭う。

「さっきの聞き方、落第点ね」

「……そう思います？」

ため息を吐く赤川に向かって、薫は頷く。

「うーん……なにか知っていれば、妙な反応をするんじゃないかと思ったんです」拗《す》ねたように口を尖らせながら言う。

「でも、亡くなったのは晴樹君で間違いなさそうですね。取り繕っている様子もなかったですし」

「私たちの行動、不毛かもね」

疲労感が一気にのし掛かってきたような気がして、肩を落とす。

充邦に疑問をぶつけたときも、特段の変化は見られなかった。そもそも、死亡診断書があるのだ。神田歩美の日記とは比較にならないほどの信用度。

「もう帰る？」

「……そうですね」

道端に転がっている石を蹴《け》った赤川は、顔を伏せて歩き始める。まるで子供だ。

時刻は十四時半。

日差しの力は衰えを知らず、地表をじりじりと焼いている。薫は、なるべく日陰の恩恵に与《あずか》ろうと、ジグザグに進む。

村を歩いていると、人の姿が散見された。目が合うと、皆一様に軽い会釈をしてきて、口元だけを綻ばせる。一見、友好的に感じるような仕草。しかし、薫には最低限の対応をされているようにしか思えなかった。目が、一切笑っていないような気がする。気のせいかもしれないが、少し不気味だった。

二荘村。

特別なところのない、普通の村だ。しかし、なにか異様な感じを受けた。たとえるなら、村全体が見えない薄い膜で覆われており、他者の侵入を拒んでいるかのようだった。緩やかな拒絶。排他的と言い切ってしまうのは違う気がするが、違和感を覚えた。

薫は、その原因が、あの日記にあると思っていた。死んだはずの人間が、この村で生きているかのように語られている。

いったい、どういうことなのだろうか。

祭りの準備がされた神社を横切ると、太鼓《たいこ》を叩く音が聞こえてきた。境内に人影はない。どうやら、神社の横にあるプレハブ小屋から聞こえてきているようだった。

蝉の大合唱を押し返すように、軽快なテンポで太鼓が鳴る。心臓の鼓動に呼応するかのような音が心地よかった。

「では、また来ますんで」

声が聞こえてきたかと思ったら、プレハブ小屋から男が出てきた。白いTシャツとハーフパンツという姿。日に焼けた肌は若々しく、髪は短く切られている。

「あ、島村龍一さんですね！」

隣を歩く赤川は声を上げる。

どうして龍一だと分かったのかと疑問に思い、しげしげと男を見る。たしかに、少しだけ充邦に似ていた。

声をかけられた男はこちらを見て、顔を強張《こわば》らせる。右手には、スマートフォンが握られていた。その手に、力が入ったように見えた。

龍一は一言も喋らず、逃げるように去っていってしまった。

二荘村を出て、狭い道を大型車で進む。

対向車が来ないことを祈りつつ、薫は先ほどの光景を思い出していた。龍一と思われる男は赤川に声をかけられ、身体を硬直させていた。そのとき、顔には恐怖心がありありと浮かんでいた。声をかけられただけで、あの反応は妙だ。おそらく、充邦から電話があり、薫と赤川のことを知らされていたのだろう。

あの恐怖に凍りついた顔。あれは、なんだったのだろうか。

「やっぱり、なにか臭いますねぇ」

先ほどとは打って変わって、楽しそうな表情を浮かべた赤川が言う。

車内に汗臭さが充満していた。薫は、僅かに窓を開ける。

「龍一さんの顔、見ました？　電話で村長になにを言われたか分かりませんが、絶対になにかあります。我々に探られたくない事情があるんですよ」

赤川が言うように、顔を合わせた途端に逃げるなど、普通の反応ではない。たしかになにかがありそうだ。

充邦は食えない男だったが、龍一に話を聞けば、なにか分かるかもしれない。

「それにしても、あの村、ちょっと変でしたね」エアコンの吹き出し口に手をかざしながら赤川が言う。

「どう表現したら適切なのか分かりませんが、ちょっと怖かったです」

言われてみれば、薫も似たような感覚を抱いていたことに気づかされる。勘違いではなかったのか。

「まぁ、一心祭の噂が頭にあったからかもしれませんけど」

一心祭。

――村の意向に沿わない人間を一人選んで、守神様が食べやすいサイズに解体して奉納している。

赤川が言っていた言葉を思い出し、首をすくめた。エアコンの風ではない冷気を感じる。

「……一心祭って名前、どういう意味なの？」

当然事前に調べているだろうと思って訊ねる。案の定、赤川はすぐに反応した。

「昔、この一帯を治める豪族に対抗して、鎮守神を祀ったたっていうのは話しましたよね」

問われた薫は頷く。

「一応年貢などは納めていたようですが、豪族は二荘村だけは年貢を高くしたりはせず、ほとんど村に介入することはなかったようです。自治を許していたということですね。ただ、鎮守神を祀っただけでは独立性を保つことなんてできません。人数で劣る二荘村が豪族の武力攻勢に耐えられたのは、呪術のお陰のようです」

思わず、横目で赤川を見てしまった。冗談を言っている顔ではない。

「詳しくは分かりませんが、一説では、二荘村を攻めようとすると、豪族の中で病が流行《はや》って、死人が出たようですね。なんでも、二荘村には呪《まじな》い師《し》がいたとか」

「……呪い師？」

赤川が頷くのが、フロントガラスに映る。

「その呪い師のことを詳しく書いている書物はないんですけど、その手の話に詳しい友人に聞くと、平家の落人《おちうど》とかなんとか。源平《げんぺい》合戦で負けて隠遁《いんとん》した平家一門ですが、落人の中には公卿《くぎょう》などもいたようです。その公卿のお抱えの呪禁師《じゅごんし》が、二荘村の呪い師ではないかっていうのが、勝《か》っちゃんの推理です」

勝っちゃん。赤川の友人のことだろう。どうせロクな人物ではない。

「……赤川って、オカルトが好きだったりする？」

「え？　オカルトが嫌いな人なんているんですか？」

反対に問われた薫は、言葉に詰まる。たしかに、テレビ番組などで超常現象や超能力の類の特集があればなんとなく見てしまう。しかし、それはあくまでフィクションとして楽しむためだ。

「ちなみに、呪術はオカルトじゃないですよ。日本では古くから神道や陰陽《おんよう》という概念がありますし、心理学的観点から見ても面白いです。空を飛べるとかいう非現実的なものではなく、人間の心理状態を操ることによって……」

「分かったから」薫は説明を続けようとする赤川の言葉を遮る。

「その二荘村の呪い師とやらのお陰で村の独立性が保たれたのね。それで、私の質問は、一心祭の意味だけど、呪い師と関係あるの？」

「ありません」

当然のように言ってくる。あまりにあっさりとした口調だったので、薫は怒る気にもなれなかった。

「一心祭の意味は、言葉のままですよ。心を一つにするお祭りという意味です。これ、二荘村のホームページに載っていますよ」

ホームページを作っているのか。意外だった。

心を一つに。

言われてみれば、それ以外には考えられない。いわくつきの祭りだと赤川に聞かされたので、妙な勘繰りをしてしまった。

「あと、これは事実かどうか不明ですが、もう一つ意味があるんです」

声を落とした赤川から、熱量を感じた。

「これもオカルトじゃないですよ」

辟易していた薫を牽制《けんせい》した赤川は続ける。

「二荘村では、五十年間村長選挙が実施されず、ずっと島村家の当主が無投票当選しているんです」

五十年。村長選挙というものが聞きなれないため、それが長いのか短いのかは不明だったが、無投票ということは、対抗馬が出てこなかったのだろう。二荘村は、人口が三百人ほどの小さな村だ。村長になるメリットがあるようにも思えない。

「近い例では、大分県にある姫島村《ひめしまむら》があります。六十一年ぶりに村長選があったということでニュースになりました。二荘村はそれに次ぐ長さですね。まぁ、理由は分かりませんが、閉鎖的なことはたしかです」

「単純に、村長になりたい人がいないだけじゃないの？　ＰＴＡの役員になりたくないみたいな感じで」

「いえ、そうではないんですよ」赤川は即座に否定する。

「この村の歴史を紐解《ひもと》くと、鍵は五十年前にありそうなんです。その年に村長選挙があったんですが、無投票ではなかったんです。これも、実に五十年ぶりの選挙でした。このことからも分かるように、この村では島村家の力が絶大だったんです。さっき話した、豪族の攻勢を凌《しの》ぐ要因となった呪い師も、島村家の敷地内に家を構えていたみたいですね」

「……どうして、そんなに詳しいわけ？」

歴史の授業を聞いている気分だった。横目で様子を見ると、赤川は狐《きつね》に抓まれたような顔をしている。

「だから、勝っちゃんから聞いたんです。ほら、歴史とかオカルト界隈《かいわい》では有名な」

公然の事実であるように赤川は言う。

誰だそれは。

質問する間もなく、赤川は先ほどの続きを喋り始める。

「それでですね、五十年前に島村家に挑んだのが、岸田《きしだ》家の出の者なんです。名前は岸田辰信《たつのぶ》。岸田家も、かなり力のある家だったんです。二荘村って名前の由来は、島村と岸田の二つの荘から成り立っているからだとも言われています。ただ、岸田のほうが格下。出馬の理由までは分からなかったらしいですが、閉塞感を打開したいとか、そういった理由ですかね。でも、結局負けちゃったんです」

「ふーん。それで今まで、一族独裁が続いたってことね」

「そうです。そのときから、一心祭という祭りができたと言われています。異心を持たずに一つの心になるべし。それが村を守ることに繋がる。そして各々、村の存続のために励むべし。つまり、島村家に歯向かわず、村のことを考えて行動しろってことです」

薫は口をへの字に曲げる。

もしその説が正しければ、一心祭という祭りは、プロパガンダのような役割を担っているのだろうか。祭りとは本来、神仏や祖先に対して感謝し、祀る行為だ。それとは相容れない。

「根拠はないですけど、ずっと続いている島村家の独裁体制を考えれば、一心祭が反逆の意を削《そ》ぐ目的で作られたという説は、あながち間違っているとも思えないんですよねぇ」

「そんな祭りがあったら、負けた岸田家も、村に居づらいでしょうね」

「いえ、二荘村にはもう岸田家はいないですよ」

「転居したの？」

一拍の間の後、赤川が言った。

「村を追い出された後、一族全員が、投身自殺したという記事が残っていましたよ」

＊

あなたの近くにはいられない。それは悲しいことだけど、あなたが生きているだけで私は十分に満たされている。

私が産んだ子。愛おしい子。

晴樹と名付けたのは、病室の窓の外から見えた大きな木が、青く晴れ渡った空の下で、太陽の光を浴びて輝いていたから。

それが、あまりにも美しくて、目を奪われたの。

それで、急に名前が浮かんだ。

龍一さんにそのことを伝えたら、いい名前だねって言ってくれた。

それで、あなたは晴樹になった。

晴れた青空の下、大きく育つ樹になってほしいという願いを込めて。

もし、この世に晴樹がいなかったら。

それは、考えるだけで耐えられない。四肢を引き裂かれるよりも苦しいこと。でも、あなたが生き続けるためなら、四肢を引き裂かれてもいい。死神があなたを連れて行こうとしたら、私が身代わりになる。

あなたが生きていてくれるから、私も生きていける。

3

薫は目を開け、顔を伝っている涙の痕《あと》を拭う。

また嫌な夢を見た。

妊娠しにくい身体を夫に非難され、尊厳を踏みにじられた記憶。それが夢になると、身体を殴られ、蹴られ、切り刻まれるシーンとなる。あまりにもリアリティーのある夢。今日の夢は、なかなかヘビーなものだった。内臓を磨《す》り潰《つぶ》されるなんて、どうかしている。小腸が引きずり出されたときの感覚が身体に残っているような気がして、身震いした。全身が痛いのは、夢で見たシーンを身体が疑似体験してしまっているからか。

離婚してもなお、呪縛《じゅばく》として残っている記憶。

記憶を消したいと思い悩んだ時期もあった。そのときは、いろいろと調べて、怪しげな民間療法に手を出したこともある。金をかけたものの、効果はなかった。まったくの期待外れだった。

日常生活を送る中で、元夫のことを思い出すことはほとんどない。ただ、夢はどうしようもない。

この傷を、時が癒やしてくれる気配はない。塞がらずに血が流れ続けている傷は、別の記憶で塞がなければならない。

傷を塞ぐほどの経験をしなければ。

――新しい恋をする。

安易だが、それが一番手っ取り早いような気がした。それには、まず相手を探さなければ。

ベッドの中で大きく伸びをして時計を見ると、細くて白い針は、ぴったり六時を指していた。

げんなりする。

今日も仕事は休みのため、目覚まし時計をセットしていなかったが、仕事があるときと同じ時間に目覚めていた。

寝ている間に、部屋は不快な熱気で満たされていた。エアコンをつけたまま寝るのは嫌だったが、そろそろ好き嫌いを言っている場合ではなくなってきた。

湿った衣服を脱いで、風呂場に向かった。

頭からシャワーを浴びながら、手で汗を洗い流す。日々の激務のため、身体は引き締まっており、贅肉《ぜいにく》はない。三十歳を過ぎているが、身体は若々しさを保っていた。

臍《へそ》の辺りで手を止める。

結局、大きくならなかった部分。もし妊娠していたら、どうなっていただろう。あの男と今でも生活し、子育てに勤《いそ》しんでいただろうか。あの男の本性を、知らずに済んだのだろうか。好きで結婚した男。優しく、気の利く男。良い人と結婚したと信じ切っていた。

そこまで考えて、頭を横に振る。馬鹿らしいと思い、思考を中断した。

風呂場から出て身体を拭《ふ》き、バスタオルを洗濯籠《せんたくかご》に放る。籠の中は衣服で一杯になっていた。洗濯は明日にしようと決め、下着姿のまま朝食を摂《と》る。休日くらいはまともな食事をと思うが、シリアルを頬張り、アイスコーヒーで流し込む。休日くらいはまともな食事をと思うが、準備するのが面倒だった。

食器をシンクに置いて、エアコンの冷気で身体を冷ます。

視線をベッドに向ける。ナイトテーブルに置かれたノート。

今日の夢がいつもより過激だったのは、寝る前に読んだ神田歩美のノートが原因だろう。几帳面《きちょうめん》で可愛らしい丸文字で書かれた日記。

この日記を読んでいると、気が滅入《めい》った。

そこには、子供に対する愛情と慈しみが溢れていた。子供を持つことの素晴らしさを、これでもかと突きつけてくる。子供がいる人はいい。しかし、いない人、とくに望んだが得られなかった人にとっては、このノートは毒でしかない。

薫は、何度もノートを閉じようとした。できれば燃やしてしまいたいとすら思った。しかし、読む手を止めることができなかった。

子供を持つということに対する焼けるような羨望《せんぼう》。

そして、膨らみ続ける疑問。

神田歩美は、死んだはずの晴樹の成長を、本当に見ていたのか。日記を読む限り、空想を書いているようにはどうしても思えなかった。


十時までダラダラと過ごした薫は、リュックサックを背負って外に出た。熱気が押し寄せてきて部屋に引き返したくなる。侵食してくる弱気と戦いつつ、足を前に出す。

今日も二荘村に行く予定だったが、その前に買い物をしようと考えていた。

マンションの駐輪場からロードバイクを出し、跨《また》がる。最後に乗ったのはいつだろう。思い出せなかった。

ペダルを漕ぐと、ぐんと前に進む。ロードバイクに乗ると、風を切るという言葉を体感することができる。昨日のうちにタイヤに空気を入れておいたので、問題なくスピードを出すことができた。

駅前のグランデュオ立川の駐輪場にロードバイクを停め、店内に入る。エアコンの冷気が、焼けるような熱を帯びた肌を冷やす。

エスカレーターで三階に上り、目的の店に向かう。早い時間にもかかわらず、フロア内は人の姿が多かった。

そこでようやく、土曜日だということに気づく。警察官をしていると、休みが不規則なので週末という概念を忘れてしまう。

華やかな服を着たマネキンが立ち並ぶエリアには、男女両方の姿がある。ほかの商業施設とは違い、グランデュオ立川は同フロアにメンズファッションとレディースファッションが混在している。そのため、フロア内の客層に偏《かたよ》りがない。立川駅と直結しているためか、目的もなくウィンドウショッピングをしているような人も見られる。

薫は人混みを抜け、一番奥の店に入る。ここの店員は、積極的に声をかけてこないし、服も落ち着いたものが多い。

昔から、服を買うのは苦手だった。店員とコミュニケーションを取るのも億劫だし、試着も好きではない。通販も利用したことがあるが、写真から選ぶのが面倒だったし、手元に届いたらイメージと違うことがほとんどだった。この店は、ゆったりとしたラインの服が多く、試着しなくてもサイズが合わなくて着られないということはなかった。

やや年齢層が高めの客に交じって、目についたものを手に取った。こういった買い方は良くないという自覚はあったが、改善するつもりもない。夏服は選ぶのが簡単だなと思いつつ、半袖のブラウスとチノパンを手に取った。似たようなデザインを持っている気がしたが、着ている自分が想像できたので買うことにする。

服をリュックサックに押し込んでから歩く。カップルや、子供の姿が目につく。悪い癖だと思いつつも、どうしようもなかった。

恋がしたい。過去の不幸な自分を笑い飛ばすため。

子供がほしい。夫だった男からの呪縛から逃れるため。

我ながら、性格がひん曲がっているなと苦笑する。

頭の中に湧いてくる欲求に蓋《ふた》をして、ショッピングを続けることにした。服を買った後は、目的なく歩く。なにか足りなかったものはないかと考えながら店を眺めるが、とくに購買意欲をそそられるようなものはなかった。家具は一通りそろっているし、食器も足りている。趣味もないし、部屋を飾るつもりもない。

結局、三十分ほどフロアを歩き回って時間を空費しただけだった。

喉の渇きを覚えたのでカフェを探すが、どこも混んでいて入れそうになかった。街中でよく見るコーヒーショップを通り過ぎようとしたとき、入り口付近にある丸テーブルに知った顔が座っているのを見つけた。

「あ、羽木さん！」

赤川は、肉厚の頬を震わせつつ手を振ってくる。赤川の対面で背を向けて座っている男が振り返った。薫は目を見開く。

好みの顔だった。

中東系の彫りの深い顔をしており、涼やかな目元には泣きほくろがあった。豊かな黒髪を後ろに流しており、口髭《くちひげ》を生やしている。髭は趣味ではなかったが、剃《そ》ってもらえれば問題ないだろう。いや、髭が生えている男も悪くない。

思考が暴走している自分を意識した薫は、だらしなくなっているであろう自分の顔を引き締める。

「ちょうどよかったです。昨日言っていた、勝っちゃんです」

——勝っちゃん。

オカルト界隈で有名という情報だけだったが、あまりにも想像と違いすぎた。陰干しされ続けて苔《こけ》むしているような姿を思い描いていたのに、目の前にいるのは俳優業をしていると言われても信じてしまう容姿をしていた。もしくは、映画に出てくるような考古学者。

「勝木《かつき》です」

立ち上がった勝木は、軽く会釈をする。

声も渋くて、容姿を引き立てていた。甘い香りの香水をつけているのは減点だが、加点要素を考えれば物の数ではない。

「羽木、です」

声が上擦《うわず》ってしまい、顔が火照《ほて》る。

「勝っちゃんに、昨日の話をしていたんですよ。一心祭についても」

「二荘村、なかなか面白い題材ですね」

勝木が目を輝かせながら言う。子供のように純真無垢《じゅんしんむく》な光。様になる。もし赤川が同じ表情をしても、一切琴線《きんせん》に触れることはないだろう。

「……オカルトが、お好きなんですか」

声に出したところで、自分が喋った言葉の間抜けさに呆れたが、もう取り返しがつかない。

勝木が笑う。

「オカルトですか。たしかに好きです。僕、それで飯を食っていますから」

「勝っちゃんは大学の同窓なんです。今は、大学教授なんですよ」

「教授じゃなくて、准教授。小間使いだよ」

赤川の説明に、勝木は訂正を入れて大学名を告げる。誰もが聞いたことのあるであろう有名大学だった。

「僕はそこで、民俗学を教えています」

民俗学。内容が分かるようで分からない学問。

薫は微妙な表情を浮かべていたのか、勝木が笑う。

「民俗学って言っても分かりませんよね」

「えっと、そうですね……」

素直に頷いた薫は、甘えたような声になっていることに気づき、赤面する。咄嗟に髪を掻き上げる。その仕草すら媚《こび》を売っているように思えて嫌になった。

「民俗学っていっても、難しいもんじゃないんです。例えば……霊柩車《れいきゅうしゃ》を見たら親指を隠さないと親が早死にするっていうような俗信ってありますよね」

たしかに、子供の頃は誰に教えられるでもなく、霊柩車を見たら親指を隠していた記憶がある。

「ほかにも、黒猫って悪いイメージで語られることがあるじゃないですか。黒猫が目の前を横切ったら不吉だとか。でも、江戸時代には労咳《ろうがい》に効果があるから黒猫を飼ったほうがいいと言われていましたし、今でも岡山県では魔除《まよ》けになるとか、新潟県では台所に黒猫が入ってくると良いことがあるといった謂《いわ》れもあるんです。我々は、どうして地域によって評価が違うのかといったことや、どういった変遷《へんせん》を辿って今の価値基準があるのかといったことを研究しているんです。

まぁ、民俗学って、民族意識が高まったことによって、自分たちの文化を見直そうってかたちで成立して発展していったんですよ」

時計を見た勝木は、そろそろ講義の準備をすると告げて、千円札を一枚テーブルに置くと、颯爽《さっそう》と帰っていってしまった。

そのとき初めて気づいたが、席が二つしかなかったからか、勝木は立ったまま話していた。その気遣いを嬉しく思い、同時に、その程度で喜んでいる自分に呆れる。

　勝木の後ろ姿を目で追い、視界から消えると、自然とため息が漏れた。

「……友達って、本当？」

　椅子《いす》に座った薫は、疑いの視線を向ける。

「どうして、赤川にあんな友達がいるの？」

　その問いに、赤川は不思議そうな顔をする。

「大学の同窓って言ったじゃないですか」

「民俗学なんて専攻してたの？」

「いえ、僕は経済学です。勝っちゃんとは、図書館で知り合って、それで仲良くなったんです」

　図書館で出会う。想像できないし、心底信じられない。友人というのは、基本的に同程度のレベルの者同士で構成される。しかも、大学を卒業してもなお付き合うとなれば、相応の共鳴がなければならないだろう。赤川は、誰もが認めるオタクだ。ということは、勝木も相当のオタクなのだろうか。

　ただ、あの顔ならば、中身が赤川でも我慢できる――。

　薫の頭の中で、さまざまな思いが駆け巡る。

「あの、どうしました？」

赤川の言葉で妄想を中断させた薫は、軽く頭を横に振った。

「勝木さんって、民俗学に詳しいんでしょう?」

「まぁ、それで生計を立てているくらいですから」

「それなら、今日の二荘村の偵察に、一緒に来てもらったら?」

裏に潜む邪念を覚られないように、なるべく自然な口調を心がける。

一瞬の間。

「僕も誘ったんですけど、大学の講義が終わった後、論文の作成をするみたいで。あいつ、結構野心家なんで。もっと上を目指しているみたいですよ。あ、でも、もし時間が取れたら来るって言っていました」

薫はその返答に残念そうな顔をしつつも、もしかしたら来るかもしれないという淡い期待を抱く。二荘村に行くのが、俄然《がぜん》楽しみになってきた。


一度家に戻った薫は、汗でシャワーを流した後、エアコンの温度を下げ、いつもより入念に化粧をする。普段使わない化粧品を駆使し、十五分で完成した。鏡を見る。我ながら、酷い出来栄《できば》えだ。結局、いつもの薄化粧に戻すことにした。服は、先ほど赤川と別れてから急きょ買った七分丈のパンツと紺色のブラウスを着ることにした。

スニーカーを履いて家を出る。

赤川の家は、歩いて十分のところにあった。

かなり大きなマンションは、よくCMで放送しているブランドのものだった。赤川の給料は大体分かるし、警察官に副業は認められていない。親の財力に依《よ》るものだろう。

「羽木さーん！」

マンションの前で、赤川が手を振っている。邪気のない丸顔。白いTシャツの胸の辺りに、〝State of Colorado〟と赤字で書かれてあった。コロラド州。謎だ。

「昨日に引き続き、来ていただいてすみません」

赤川は頭を下げるが、悪びれている様子は一切なかった。

車は、マンションのポーチに横づけしてある。駐車場からここまで車を出せるなら、このまま運転していけばいいのにと思いつつ、運転席に乗り込んだ。

エンジンをかけ、アクセルを踏んだ。振動もなく、滑るように進む。昨日も思ったが、高級車は静音性に長《た》けているし、加速も早い。運転していて気持ちよかったが、土曜日のためか、道が混んでおり、すぐに苛立ちが募った。

赤信号で停まる。遅々として進まない。

「あ、コーヒー飲みます？」

助手席に座っている赤川が、リュックサックから缶コーヒーを取り出し、プルトップを開けて手渡してくる。飲むという返事もしていないのにと思ったが、受け取って喉に流し込んだ。

信号が青になったので、缶コーヒーをドリンクホルダーに置く。そして、横目で赤川を見た。

「午前中、勝木さんとなにを話していたの？」

なるべく自然な口調を心がける。上手くいった気がする。

「勝っちゃんとですか？　もちろん、一心祭についてですよ」

赤川は、リュックサックからポテトチップスを取り出して、頬張りながら答える。耳障りな咀嚼音《そしゃくおん》の隙間から、声が続く。

「昨日、一心祭の二日目の話をしたじゃないですか」

前方を見ながら、薫は頷く。食べやすいサイズに村人を解体して、守神に奉納しているという話だったことを思い出す。

「あれ、やっぱり嘘のようですね。ただ、噂の出所は興味深いんです」注意を引きつけるような一拍の間。

「二荘村が豪族の侵略から免れることができたのは、カニバリズムをしているという噂があったからだという説のほうが有力のようですよ」

カニバリズム。

その言葉くらいは薫も聞いたことがあった。人間が人間の肉を食べる行為。

赤川は、手に持っているポテトチップスを凄い勢いで食べつくし、ペットボトルの炭酸飲料水を半分ほど飲んだ。

そして、リクライニングして心地よさそうな体勢になり、大きな欠伸《あくび》をする。

「勝っちゃんの話では、二荘村を豪族から守った人は、かなり知略に長けていたようです。カニバリズムをしていると思い込ませることで、相手の行動を抑制したのではないかって考察していました」

「……つまり、人を食うような危ない奴らだから、手出しをしなかったってこと？」

「そのようです。日本でも、カニバリズムに関する記述は残っていますが、兵糧《ひょうろう》攻《ぜ》めに遭って止むに止まれずという極限状態だったり、個人が食べるといったものが大半で、村全体で食人をしているといった例はほとんど見られないようです。二荘村で過去、カニバリズムが行われていたかは不明ですが、豪族が手を出さないくらいには信憑性《しんぴょうせい》があったんでしょうね。

それと、勝っちゃんと話していて面白かったのが、カニバリズムって、その対象を喰らうことで、魂や肉体を分割して受け継ぐことができると考えられていたらしいんです。日本でも、骨噛みを行っていた地域もあるみたいなんです……葬式のときに、燃え残った骨を噛む行為ですね。これも、死者の生命力や生前の能力にあやかろうとして実施されていたようなんです。もしかしたら、過去の二荘村でも、そんな風習があったのかもしれません。それが転じて、人を喰らう村となったのかも」

たしかに、人を食うような風習を持っている村に関わりたくないという気持ちは分かる。人を喰らう。

考えるだけでもおぞましく、全身が粟立《あわだ》った。反面、興味をそそられる題材でもあった。怖いもの見たさというものだろうか。

「その食人の噂を流して牽制した人って、昨日言っていた呪い師なの？」

薫が訊ねるが、返事がない。その代わりに、規則的な呼吸音。

横を見ると、赤川は目を瞑って寝息を立てていた。口の端に、食べかすが付着している。

頰が痙攣する。怒りに任せてカーラジオをつけてボリュームを上げるが、一向に起きる気配がない。

痙攣を抑えるために手で頰を揉み、運転に集中することにする。

薫が運転する車は狭い山道を通り、目的の二荘村に到着した。

時刻は十五時。

昨日とは違い、駐車場は半分ほどが埋まっていた。空いているところを見つけ、車を停める。そこでようやく赤川が目を覚ました。

「あ……僕、寝ていました？」

手の甲で口を拭いつつ、惚《ほう》けた顔で聞いてきた。怒る気も失せる。

「すみません。昨日は徹夜で調べものをしていたので」

「……調べもの？　なにを調べていたの？」

「神田歩美についてです。どこかに、聞き込みをする有効な手がかりがないかと思いまして」

赤川はにんまりと笑った。

そういうことか。車内で寝たことを咎《とが》めなくてよかったと思う。赤川は、気になった対象に異様なまでに執着し、没入する。いくつかの捜査で赤川の調査能力や、馬鹿げているとも取れる捜査手法が奏功している。今回も、上手く機能することを願う。

「神田歩美の件で、なにか分かったことは？」

「なにも分かりませんでした」

その返答に、薫はポカンと口を開ける。

「えっと……今、なんて言ったの？」

「ですから、なにも分かりませんでしたよ。精神的な病気を疑ったんですけど、通院していたという記録もなければ、おかしな様子もなかったみたいです。週に五日、近くのスーパーでレジ打ちのパートをしていたんですが、それ以外になにかをしているってこともありませんでした。交流のある友人も少なく、趣味もない。もちろん逮捕歴もなし。職場と家を往復する日々だったみたいですね。レシートとかも確認したんですが、これといって面白そうなものもありませんでした」

「車は持っていないの？」

赤川は頷く。

「タクシーを使った履歴は？」

「ありません」

答えた赤川は、薫がなにを言いたいのか察したようだった。

「もし仮に、晴樹が生きていたとしても、移動手段を持たない神田歩美が、二荘村に行くのは難しいですね。歩いていくのは不可能です。バスを乗り継いだか……」

「誰かが、神田歩美を送迎したか」

薫は言う。

ただ、この考え自体が馬鹿らしいという思いもあった。晴樹は死んでいる。それを覆《くつがえ》すことなど、できるはずがない。それにもかかわらず、絶えず湧いてくる可能性。

――本当は生きているのではないか。

本気でそう思ってしまうほど、神田歩美の日記に書かれた晴樹には生気が感じられた。

「あ、いい感じですね」

赤川が前方を指差し、声を張った。

視線を上げると、遠目に神社が見えた。緑の中に建つ神社。背後には青空。湧き上がる入道雲。長閑《のどか》な景色だった。

神社を取り囲むように、赤い提灯が飾ってあった。お囃子《はやし》も聞こえる。録音だとは思ったが、雰囲気は十分だった。暑さに辟易しつつも、自然と気分が高揚してきた。

昨日とは違って、村外の人の姿が散見された。村外の人かどうかは浮ついている様子で容易に判別できる。反対に、村人には、ここで生活している人だけが出すことのできる落ち着きが見て取れた。

「では、早速聞き込みを始めますか。祭りが始まる夕方には、人でごった返すでしょうから。その前に片付けましょう」

赤川は言い、意気揚々と歩き始めた。汗でTシャツが貼りついた背中に、薫はついていくことにする。

昨日はしっかりと見ていなかったが、二荘村は、それほど大きくなかった。ほとんどが森林で、家がその合間合間に建っているような具合だ。木々に挟まれ、押し潰されるのを堪えているようにも見えた。

村は、楕円形《だえんけい》のような土地の上に形成されていた。東側に神社があり、村長の家は南に位置している。

北側に向かう。

最初に訪問したのは、庭に色とりどりの花を植えている二階建ての家だった。ちょうど、水やりをしている中年女性がいた。ふくよかな体型。つばの広い帽子を被り、首に白いタオルを巻いている。

「すみません。警察の者です」

警察とは思えないような朗らかな声で赤川は言い、昨日と同じ説明をする——晴樹の死亡に関する書類を紛失し、資料を復元するための再調査をしているので協力してほしいという嘘を、すらすらと語る。

少し考えれば嘘だと気づくはずだが、疑っている様子は微塵《みじん》もない。警察は嘘を吐かないと思っているのか、それとも、真偽などどうでもいいのか。

「晴樹君は転落死したということになっていますが、本当でしょうか」

「崖から落ちちゃったみたいなのよ。けっこう前のことだけど、昨日のことのように感じるわ。あんなに可愛らしかったのに……」

当時のことを思い出したのか、瞳が僅かに潤んでいた。

「その死んだ子って、本当に晴樹君だったんでしょうか」

唐突に投げかけられた質問に、女性は一瞬きょとんとして、それから珍しい動物でも見るような視線を向けてくる。

「……当たり前じゃない。なに言ってるの？」

「いえ、念のためです」赤川は食い下がる。「晴樹君の遺体を見た方にも話を聞きたいんですが。遺体の状況とかを知りたいんです。書類を失くしちゃって、上司から大目玉をくらっているんですよ」

本当にそうであるかのように、赤川は怯《おび》えた様子を見せる。とても演技には思えない出来だった。

「うーん、あ、夫が見たわよ」

そう言った女性は、声を張り上げる。それに呼応するかのように、黄色のワイシャツを着た男が玄関から出てきた。五十代だろうか。頬が削げ落ち、目が窪《くぼ》んでいる。短パンから覗く足は今にも折れそうだ。まるで、妻に体重を吸い取られてしまったかのようだった。しかし、なぜか病弱というよりも潑剌《はつらつ》とした印象を受けた。

「なんだよ、いったい」

男は、眉間に皺を寄せた。

「この警察の方たちが、晴樹君が亡くなったときの状況を知りたいんだって」

「……なんで？」

男は、今にも零《こぼ》れ落《お》ちてしまいそうな眼球を、ぎょろりと動かす。警戒しているというよりも、単に面倒なようだ。

赤川が嘘の理由を説明する。ふと思う。こんな嘘を吐いて聞き込みをして、罪にはならないのだろうか。一瞬浮かんだ不安を、頭を振って掻き消した。

「……あんたの尻ぬぐいに付き合わされるわけだな」男は厭味《いやみ》ったらしく言う。

「そもそも、遺体の状況が知りたいなら、村長に聞くか、龍一君に聞けばいいじゃないか」

「いや、遺族の方に話を聞くのって、結構しんどいんですよ。しかも、資料を失くしたから遺体の状況を教えてくれなんて言ったら、どう思いますか？　本当なら、僕だってこんなことしたくないんです。でも、これをしないと警察をクビになってしまうかもしれません。そうなったら、路頭に迷ってしまいます。僕が公園で生活するようになってもいいんですか？　寝覚めが悪いと思いませんか。これで死んだら、夢枕に立ってしまうかもしれませんよ」

赤川のよく分からない熱量に気圧《けお》された様子の男は、口をへの字に曲げた。

「……それで、なにが聞きたいんだ」

「崖から転落死した晴樹君の遺体を見たんですよね」

「ああ。捜索隊に加わっていたからな。俺が発見したわけじゃないが、遺体は見た。頭から血を流していたな。それ以外は、綺麗なものだった。正直、まだ生きているんじゃないかと思ったほどだよ」

「その遺体、間違いなく晴樹君でしたか」

「顔が潰れていたわけじゃないし、見間違うわけがない」

その回答に、薫は落胆する。死んだのが晴樹かどうか分からないような状態だった場合、もしかしたら他人と取り違えたという可能性もある。ほぼあり得ないことだが、それなら神田歩美の日記の説明がつく。だが、遺体を見た人も、晴樹本人だと断言している。なにより、死体検案書が同一人物だと保証しているのだ。

晴樹は、間違いなく死んでいる。

やはり神田歩美は、精神的に病んでいたのか。

「遺体に、不審な点はありませんでしたか」

赤川は質問を続ける。男は首を横に振った。

「ない」

「そうですか……」

太い首を引っ込めた赤川が困ったような視線を向けてくる。

選手交代。

「晴樹君が亡くなった後、龍一さんと歩美さんは離婚されていますね」

「そうだな。事故からしばらく経ってからじゃないか。半年はいっていないはずだ」

「それって、晴樹君が亡くなったことが原因ですか」

「……夫婦のことは分からんが、たぶんそうだろうな」

子供が不慮の事故などで死んでしまった場合、両親が離婚する確率は非常に高い。顔を合わせている限り、失われた幸福を意識してしまう。あまりにも辛い現実からいつまでも逃れることができないから、離れることで自己防衛する。

胸の傷が痛んだ。

薫には子供ができなかった。望んでも、得られなかった。得られない苦痛を味わった薫。しかし、失うことの苦痛を思うと、やりきれない。

「二人は、仲が良かったんですか」

「良かったさ。おしどり夫婦ってやつだよ。でも、晴樹君が死んでからは、二人とも塞ぎこんでしまったね。見ているだけで辛かったよ。まるで、幽霊みたいになっちゃって」

「子供を亡くしてからの歩美さんの様子はどうでしたか」

「どうって、そりゃあ悲しんでいたよ」

「精神的に異常をきたしているような行動などはありませんでしたか。たとえば、見えないものが見えると言い出したり、夜に徘徊《はいかい》したり」

薫の言葉に、男は腕を組んで考え込むような仕草をする。

「どうだろうな……泣き腫《は》らしたんだろうなという顔を見ることはあったが、葬儀以外では、人前で泣かなかった気がする。そりゃあ、辛そうだったし、噂では、自殺を考えていた時期もあったみたいだ。あのときはたしかに、自殺でもするんじゃないかって雰囲気だったよ。容易には声をかけづらい感じで……あぁ、でも、一カ月後からかな、少しだけ明るくなった気がするんだよ。元気を取り戻したというか……」

——元気を取り戻した？

その言葉を上手く呑み込めない。いったい、どういうことだろうか。

「……自殺しそうな感じだったのに、元気を取り戻したんですか。なにか、理由があったんでしょうか」

「それが、特にないんだよ。皆、不思議がっていたんだ。でも、元気になるのは良いことだって思っていたら、結局、離婚しちゃったし。あれ、なんだったんだろうな」

男は首を傾げる。理由を知らないようだ。

薫の頭の中で、不協和音が鳴った。

子供が死んだことで、自殺を考えるほど落ち込むのは分かる。しかし、理由もなく明るくなるのは妙だ。事故から一カ月という短期間で吹っ切ることなどできるのだろうか。いや、できなかったからこそ離婚したのではないのか。

謎だ。

「歩美さんって、ここの村の人じゃないですよね。夫だった島村龍一さんとの馴《な》れ初《そ》めって、なんだったんでしょうか」

赤川の問いに、男は微かに、下卑《げび》た笑みを浮かべる。

「ん？　たしか、立川の昭和記念公園の花火大会で、龍一君がナンパしたって聞いたけどな」

「ナンパ……なかなかやりますね」

「だろ？　まぁ、綺麗な人だったからな」

首肯してから、赤川は首を傾げる。

「でも、どうして離婚する前に元気に……」

「ちょっと、もういいでしょ」質問している途中で、長話に苛立った様子の女が身体ごと割って入る。

「今日は一心祭なのよ。その前に家のことを終わらせたいの」

そう言うと、有無を言わさず薫たちを敷地外に追い払う。突然のことだったので、なされるがままになってしまった。

「……なんか、反応が変でしたね」

隣に立つ赤川が呟く。薫も同じ印象を抱いていた。

女の顔は、なにかを隠しているように見えた。ただ、あの手のタイプは、一度決めたことは頑として譲らない。こちらが食い下がっても、なにも教えてはくれないだろう。

「次、行きましょう」

あまりこだわっても時間を無駄にするだけだ。気持ちを切り替えた。

次に向かった先は、晴樹が遺体で発見された現場だった。村の北側にある山に足を踏み入れる。舗装された道ではない。いわゆる獣道《けものみち》だ。

「……本当に、こっちでいいの？」

前を進む赤川に聞く。

「大丈夫です。昨日、遺体があった場所をインターネットで確認しておきましたので」

手に、印刷された地図を持っていた。赤川の足取りも軽快だ。しかし、なかなか辿り着かない。薫は、やぶ蚊《か》の羽音や、見慣れない形状の虫に身体を萎縮《いしゅく》させる。すぐにでも引き返したいが、一人で戻る自信がなかった。薫は、自他ともに認める方向音痴だった。

「……こんなに奥まで行くの？」

「いえ、そろそろ、着く、はずです」息を切らした赤川が答える。

「晴樹君の捜索が始まったのが夜で、翌日の午前中には、遺体が発見されています。夜の捜索は難しいでしょうが、次の日の午前中に見つかったということは、それほど山奥ではないですよ。地図で見ても、ほら」

汗でふやけた紙を渡してくる。地図上に打たれた点は、たしかに村の中心部から遠くはない。しかし、どう考えても歩きすぎだ。

「……もしかして、迷った？」

地図を返しながら言うと、赤川は額から滝のように流れる汗を掌《てのひら》で拭った。

「そうかもしれませんし、そうでないかも、しれません」

曖昧《あいまい》な表現だったが、答えは明白だった。

現在地を見失った。

ポケットからスマートフォンを取り出し、地図アプリを起動する。いつもなら、すぐに現在地が表示されるのに、画面が固まっている。ここは本当に東京都なのかと疑ってしまうほど電波が弱く、使い物にならなかった。

喉が渇いていたが、飲み物を持っていなかった。赤川のリュックに入っていたペットボトルの麦茶は、入山してすぐに赤川一人で飲み干していた。

「……引き返す？」

「いえ、もう少しだと、思うんですけど……」

息も絶え絶えだった。身体もふらつき、今にも倒れそうな足取りだ。

ここで倒れられても困るなと思っていると、急に赤川が立ち止まった。卒倒するんじゃないかという不安が頭を過る。

「……大丈夫？」

恐る恐る声をかけると、赤川が振り返った。前方を指差す。

「家を見つけました！　あそこで休ませてもらいましょう！」

遺体があった場所ではないのかと脱力したが、このまま進んだら赤川が本当に倒れてしまいそうだし、休憩には賛成だった。

家は、どちらかというと、山小屋と表現したほうがいい粗末な造りだった。木造で、蔦《つた》に絡め取られている。長年の風雨に曝《さら》され、劣化が激しい。ここで時代劇のワンシーンが撮れそうな趣があった。

近づいてみると、山小屋というよりも、忘れ去られた廃屋《はいおく》だ。ただ、人が住んでいるような印象も受ける。こんな離れた場所に孤立した建物があるのも変だし、人が住んでいるのも違和感がある。道といった道もない。不吉な影が、山小屋全体を覆っているような気がした。

「すみませーん」

赤川は蚊の鳴くような声を発し、玄関と思《おぼ》しき木製の引き戸を叩く。戸がガタガタと音を立てる。今にも外れてしまいそうなほど脆《もろ》い。

建物の中から布を擦ったような音がしたかと思うと、戸が開いた。

現れたのは、小さな老婆だった。白髪に黒が交じった髪は長かったが、縮れており、肩の辺りで広がっている。彫刻刀で削ったような細い目。黒目がやや白く濁っているのは、白内障だろうか。ところどころに汚れが付着した白いワンピースは身体より二回りほど大きく、貫頭衣を思わせる。

山姥《やまんば》という言葉が、ピタリと当てはまる。

「あ、あの……」

赤川も老婆の容姿に驚いたのか、二の句が継げないようだった。

女は、黒く焼けた頬を手で掻く。爪を立てているのか、掻いたところが白い筋になっていた。

「なんか用？」

容姿からは想像もできない繊細な声。目を瞑って聞いたら、和装姿の淑女を思い浮かべてしまいそうだ。

「……えっと、ちょっと道に迷ってしまって。水をいただければと思ったんですけど」

しどろもどろといった調子で赤川が頼む。

老婆は、猜疑心《さいぎしん》のこもった目を細めた。

「入りな」

短く言うと、老婆は背を向けた。

薫は赤川と顔を合わせてから、恐る恐る足を踏み入れた。

家の中は、想像していたものとは違っていた。まず、思っていたよりも広い。台所もあるし、敷きっぱなしの布団も見える。なにに使うのか分からないようなガラクタが雑多に置かれており、新聞や広告紙が散乱していたが、ここに人が住んでいると言われても驚かないくらいの秩序はあった。

三和土で待っていると、靴を脱いで上がってこいと言われる。薫は一瞬躊躇《ちゅうちょ》したが、素直に従うことにした。

新聞紙が置かれていない空間を見つけて座る。山登りで堪《こた》えたのか、太股が張って痛かった。

老婆は、しきりに独り言を呟いている。ただ、声が小さいのでなにを言っているのか分からなかった。声というよりも、蚊の羽音のようだ。

部屋の隅に置かれた冷蔵庫を開けて、ペットボトルのミネラルウォーターを二本携えてきた。

「ほれ、飲みな」

薫は受け取る。掌に心地よい冷たさが伝わってきた。未開封のものだ。悪いとは思ったが、覚《さと》られないように賞味期限を確認し、胸を撫で下ろす。

「ありがとうございます！」

礼を言うが早いか、赤川はペットボトルの蓋を回して開封し、一気に喉に流し込む。途中で咽せていたが、めげずに全部飲み干していた。貪欲《どんよく》そのものだ。

薫も口をつける。喉から食道、そして胃へと冷たい水が流れ込むのが分かった。

呼吸を整えた薫は、改めて老婆の姿を見る。見れば見るほど、子供の頃に読んだ絵本に出てくる山姥にそっくりだった。浮世離れしている。こんな人気《ひとけ》のない場所にいるということは、世間とは隔絶された生活をしているのだろうか。

いや、違う。

賞味期限に余裕のあるミネラルウォーターを持っているということは、外部との関わりがあるということだ。電気も通っている。容姿でバイアスがかかってしまったが、意外に普通の人なのかもしれない。

「いやぁ、助かりました。危うく遭難するところでした。この山、樹海って呼ばれてませんか？　全然方角が分からなくなったので焦りましたよ」

先ほどとは打って変わって、赤川は明るい声を発した。

老婆はそれを無視し、視線を薫に向けてくる。白い膜が張られたような目の焦点は、僅かに合っていない。

「あんたら、なにしに来たの？」

澄んだ声なのは変わらないが、鋭い棘《とげ》が内包されていた。

「私たちは……」

薫の言葉の途中で、赤川は身を乗り出す。

「ここら辺に、大きな崖があるはずなんです。村長のお孫さんが転落死したっていう。そこを見に行こうとして、道に迷ってしまったんですよ」

老婆は口元を歪めた。

「……あんたらも、そういう類の人間か」

呟くような声だったので、老婆がなにを言っているか聞き取ることができなかったが、良い印象を抱いていないことは分かった。

「それで、その場所をこれから探すのか？」

突き放したような声に対し、赤川は満面の笑みを浮かべて頷いた。

「もちろんです。僕たちは、そのためにここまで歩いてきたんですから」

返答に迷いはない。

薫は、薄汚れた窓の先の空を見る。まだ明るい。しかし、日が延びたとはいえ、そろそろ暗くなり始めるだろう。崖を探すよりも、帰り道を教えてもらったほうが賢明のような気がした。そう提案しようと思ったとき、老婆が口を開く。

「なら、連れてってやる」

意外なセリフに薫は戸惑うが、赤川は乗り気のようだった。

「いいんですか！　助かります」

「ここらをうろちょろされたくないし、遭難しても助けたくないからね」

そう言った老婆は、一直線に玄関に行き、外に出てしまう。

「ほら、なにしているんだ。私も暇じゃないんだよ」

催促された薫と赤川は、後を追うことにした。

老婆の足取りはしっかりとしており、妙に速い。ついていくのもやっとだった。

薫たちがここまで来た道を歩いていく。

通り過ぎていたのか。非難するような視線を赤川に向けるが、当の本人はまったく気にしていない様子だった。

獣道を進む。

途中、蜘蛛《くも》の巣が顔にかかったり、カナブンが頬に直撃したりしながらも、ようやく目的地に到着した。

切り立った崖が眼前に現れる。高さは六メートルくらいだろうか。横幅も同じくらい。局地的な地崩れが起きた断崖《だんがい》。

「ここだよ」

ぶっきら棒に言い放つ。

薫は視線を上に向ける。五歳児が転落したら死んでもおかしくない高さだ。山で遊んでいて、足を踏み外す。この状況を見ると、あり得そうな話だ。今も、落下防止のための柵《さく》などは設置されていない。

「晴樹君が亡くなったとき、なにかいつもと違うことはありましたか」

家からここまで、徒歩で五分ほど。なにかを見聞きしている可能性はある。

しかし、老婆は反応を示さなかった。代わりに、地面に唾を吐きかける。

「まったく、幽霊なんて出やしないよ」

「幽霊？」

予想していなかった単語に、薫は訝しむ。

「そうだよ。あんたらもあれだろ。肝試しとかで来た連中だろ」

「……肝試し？」

話が見えてこなかった。いったい、なにを言っているのだろう。

「ああ、ここ、そういうスポットになってますもんね」赤川が得たり顔《え　がお》になる。「ここで亡くなった子供の幽霊が出るってやつですよね。インターネットで検索していて、いくつかのサイトでヒットしました。それほど流行っている場所じゃないみたいですが、オカルト系の奴らの中には、マイナーなほど燃え上がるってタイプもいますからね。まったく、他人の不幸で楽しもうなんて、嫌な奴らですよ」

赤川は吐き捨てるように言う。

老婆は、今まで散々嫌な思いをしてきたのだろう。ぶつぶつと独り言を呟き始めた。

「まったく、勝手に山に入ってくるだけでも迷惑なのに……あいつらはゴミを捨てていくし、夜中に五月蠅《うるさ》いし……たまったもんじゃない」

僅かに聞こえる言葉の断片を組み合わせ、おおよそのセリフを認識する。

「幽霊なんて見た例《ためし》がない。それなのに、いただのなんだのって……」

老婆は、ボサボサの髪を掻きながら独白を続ける。

「……そもそも、あの子、生きているんじゃないのかい」

「え？」耳を疑う。

「今、なんて言ったんですか」

薫の問いかけに、老婆は険のある目を向けてくる。

「さぁ、もう用事は済んだんだろ。帰ってくれ。そして、もう二度と来ないでくれ」

「ち、ちょっと待ってください」

家へと帰ろうとする老婆の腕を摑んで引き留める。老婆は舌打ちして振り払おうとするが、薫も譲らなかった。

「い、今、子供が生きているって言いませんでしたか⁉」

薫が発する空気に気圧されたのか、老婆は身じろぎする。

「……あんたら、何？」

どう返答しようか迷う。悪いことをしていなくても警察官というだけで身構える一般市民は一定数いる。確証はなかったが、目の前の老婆は、警察を毛嫌いするタイプに思えてならなかった。警察という身分は伏せるべきだろう。

頭を悩ませていると、隣に立っていた赤川が一歩前に出た。

「警察です」

その言葉に、細かった老婆の目が大きく見開かれた。警察という単語に身構えたのは明らかだ。

老婆は身をよじって手を振りほどき、速足で立ち去ってしまう。

結局、詳しい話を聞くことは叶わなかった。


なんとか下山できた頃には、空は紫色になっていた。

「本当に、子供が生きてるなんて言っていたんですか」

赤川が疑うような視線を向けてきた。

「……あんたが警察だなんて言わなければ、詳しく聞けたんだけどね」

疲労困憊《ひろうこんぱい》していて怒りも湧いてこなかったが、責めずにはいられなかった。

――あの子、生きているんじゃないのかい。

老婆はそう言っていたはずだ。

いや、独り言の断片を繋ぎ合わせただけなので、確固たる自信があるわけではない。しかし、完全な聞き間違いとも思えなかった。

舗装された道を歩く。靴が泥だらけだった。服も汚れて、身体は汗だくで、髪もぼさぼさ。腕が痒《かゆ》い。見ると、三カ所ほど蚊に刺された痕がある。全身を確認したら、もっと刺されているだろう。

惨《みじ》めな気分だった。しかし、成果がないわけではなかったので、なんとか堪えることができた。

遠くで、祭囃子が鳴っている。

赤い提灯が揺れているのが見える。その提灯の元には、多くの人の姿があった。

「ねぇ。この恰好《かっこう》で祭りの中を回るつもり？」

薫は、自分の服を見た後、赤川に視線を移す。まるで、子供が泥遊びでもした後のような状態だった。どうしたらこんなに汚れるのか。

「……恰好？　ああ、たしかに」

赤川は背負っているリュックサックを下ろし、中から制汗スプレーを取り出した。

「これでも使ってください」

渡された薫は、ラベルを見る。シトラスの香り。

こういったものの臭いが苦手だったが、自分が発しているであろう汗臭さよりはましだと思い、身体に吹きかけた。

柑橘類《かんきつるい》とはほど遠い臭いに顔をしかめる。

「羽木さんって、スタイルいいですよね」

シャツの裾《すそ》を手ではためかせていた薫は、動きを止める。

「……なにそれ、セクハラ？」

「まさか」赤川は真顔で答える。

「単に、そう思っただけです。僕、年上はタイプじゃないので安心してください。もちろん、年上でも年齢が近ければ別ですが、羽木さんはそのゾーンから外れています」

地中に埋めてやろうかと思ったが、赤川の恋愛対象の外にいることは良いことだと思い直す。赤川がいくら資産家だとしても、目の前の男を、そういった対象で見ることなどできない。

スプレーでいくらか汗の臭いが和らいだ気がした。服の汚れは、この際目を瞑ろう。ただ、もしかしたら勝木が来るかもしれないので、そのときはなるべく暗がりにいようと思った。

神社に到着し、赤い鳥居をくぐる。

参道にいる人の数は多いが、肩がぶつかるような心配はないくらいの混雑だった。

社殿に吊り下げられた灯籠《とうろう》には明かりが灯《とも》っており、幻想的な雰囲気を演出していた。

拝殿の前に舞台が設置されている。なにか、催しでもあるのだろうか。案内の掲示がないか探したが、それらしきものは見当たらなかった。

境内には、屋台がいくつか出ていた。たこやき、フランクフルト、焼きそば、かき氷の文字が躍《おど》る。大きな桶《おけ》に氷を入れ、缶やペットボトルの飲み物を浸《つ》けている店もあった。

「ここまで付き合ってくれたお礼です。なんでもご馳走《ちそう》しますよ」

屋台のものを奢《おご》ってくれると言われても嬉しくはないが、空腹を覚えていたので目についたものを片っ端から頼んだ。

言い終えてから、絶対に食べられないと思って訂正する。

「大丈夫です。僕はいくらでも食べられますから」

赤川は自信を漲《みなぎ》らせた笑みを浮かべ、片手を上げて人混みに消えていった。

残された薫は、境内にいる人の顔を見ながら歩く。

村長や、息子である龍一の姿はない。

聞き込みをするにしても、村人らしき人物に片っ端から声をかけるのも無意味だ。やはり、キーマンは龍一だろう。龍一に話を聞く必要がある。

そう考えていると、不意に、大きな鈴の音が鳴った。大量の鈴が互いを打ち合い、響く。

四方に満ちていた声が止む。

再び、鈴が響く。鳴る。

皆が、拝殿の前に設置された舞台の方向を見ていた。

舞台の上には、小柄な人が立っている。まるで人形のように微動だにしなかった。羽織を頭から被っており、顔を見ることはできない。

鈴の音はどこから聞こえてくるのだろうか。

そう思って目を凝らすと、舞台の下に、五人ほどの男女がいた。片手に大量の鈴が付けられた棒を持っており、もう一方の手で棒を持つ手を支えている。

軽やかな鈴が鳴った。それを合図にしたかのように、羽織りが取られる。

舞台の人物は、老人の面を被っていた。和装。袴《はかま》は濃緑。それ以外の装飾はない。ただ、地味とも言い切れないものがあった。おそらく、面の迫力がそう思わせるのだろう。深淵の瞳。ひしゃげた口。

四つ角に松明《たいまつ》の炎。壇上にも松明が一つ置かれてあった。それに照らされた翁《おきな》の顔に陰影ができる。能などの面は、角度によって泣いたり笑ったり見えるそうだが、この面は、ずっと泣いているように見えた。

これが、二荘村の守神様なのだろうか。豪族から村を守る神だと聞かされていたので、もっと屈強な外見の神だと思っていた。

鈴の音に合わせるようにして、翁はゆっくりとした動作で動く。

なにをするわけでもないのに、緊張感が場を満たしていた。

鈴の音が大きくなる。

翁は、壇上の松明を手に取り、振り上げ、振り下ろした。

静が、動へと変化した。大きな所作で移動する翁の周りで、影が揺れる。火の粉が舞う。翁が何者も寄せ付けぬよう大立ち回りを演じているようだった。

一層大きな鈴が響き渡る。

松明を持ったままの翁は、動きを止めた。肩で息をしているのが分かる。

演舞中、ずっと泣いているような表情をしていた翁。それは今も変わらない。なんとなく、孤独を感じた。

僅かに上体を前に二度倒す。

そして、弥栄《いやさか》、というかけ声が響き渡り、一層大きな鈴の音が、周囲の存在を打ち消すかのように鳴る。

拍手が沸き起こり、翁は壇上から降りて姿を消した。

どのくらい時間が経っていたのか分からなかったが、薫は終始、緊張を強いられていた。

雑多な音が舞い戻り、人混みが散開する。

周囲を見渡し、赤川の姿を探す。巨体なのですぐに分かると思ったが、どこにも見当たらなかった。

仕方なく、近くの屋台で飲み物を調達することにする。本当は缶ビールが飲みたかったが、運転しなければならないのでスポーツドリンクを買い、拝殿の隅で待つことにした。

祭りを楽しむ人々を眺める。

記憶を辿ってみるが、警察官に任官されて以降、こういった催しに参加したことはなかった。都合よく休みを取れることは稀だし、そもそも、祭りというものに興味がなかった。

ただ、こうして渦中に身を置いてみると、祭りも悪くないという気分になった。

「こんばんは」

急に嗄《しやが》れ声が背後から聞こえてきたので、薫は短い悲鳴を上げてしまった。

振り返ると、小柄な老人が立っていた。一瞬、先ほど壇上で演舞した翁かと思ってしまう。それほど、顔が面と似ていた。演舞をした張本人かとも思ったが、翁よりも身体のサイズが小さい。

「警察の方ですね」

目が細められる。

日に焼け、なめし革のような茶色い皮膚。好々爺然《こうこうや》とした表情。一見したら優しい老人だが、どこか油断できない雰囲気があった。食えない人物。どうしてそう思ったのかは分からないが、あまり関わりたくないと感じた。

「……そうですけど」

「たしか、立川警察署の羽木薫さんでしたね」

どうして知っているのか。身構えると、老人は口を開けて笑みを作った。赤い口内が見える。

「いやいや、警戒しないでください。昨日、村長から警察の方が来られたと聞いただけですよ」禿《は》げ頭《あたま》を手で撫でる。

「わしは、この村で目付のようなことをやっている番田《ばんだ》という者です」

丁寧なお辞儀をされたので、薫も頭を下げてから疑問を口にする。

「目付って……」

「ああ、聞きなれない言葉ですよね」番田は当然だというような調子で言った。

「二荘村には、村長を頭《かしら》として、いくつかの役割があります。村長を補佐する役割、決め事を周知して実行する役割などを定めて、村の運営をしてきたんです。わしはその中で、目付という……簡単に言えば、監視役という役割を代々担ってきました」

監視役。

その役目を負った人間が接触してきたということは、つまり、薫は監視対象になったということだろうか。一応、警戒しておこうと思いつつ、代々担っているということに驚く。まるで、時代劇だ。現実味がない。

「……その目付の方が、私になにか」

あからさまな接触。いい気はしなかった。

番田は、薄くなった眉を上下させる。

「昨日、村長に神田歩美さんについて聞いたようですが、あの方の死になにか不審な点があったんでしょうか。聞いたところ、自然死で間違いないようですが」

「……聞いたとは、どこで聞いたんですか」

「あぁ、秋川《あきがわ》警察署の刑事さんですよ」

当然のように答える。

秋川警察署。二荘村を管轄する警察署だが、神田歩美の遺体が発見されたのは立川警察署管内だ。詳しい事情は知らないはずだ。もしかしたら秋川警察署の署員が、立川警察署に問い合わせたのかもしれない。

その場合、番田と秋川警察署は、それなりに関係が深いということだ。

「そもそも、今回、こうしてあなた方が調べ回っていること自体、知らないようでしたよ。書類の紛失でしたっけ。不可思議ですね。それ以前に、立川警察署は管轄外ですよね」

薫は、反論の言葉を持ち合わせていなかった。これは正式な捜査ではないし、書類を紛失したという話自体が嘘なのだから当然だ。

明日、秋川警察署に言い訳をしに行かなければならないなと思いつつ、口を開く。

「管轄外でも、いろいろな事情で書類を保管することがあるんです。それに、私たちは事件性があるか否かの確認をしに来たんじゃありませんので、秋川警察署にも話していません」虚勢を張りつつ、続ける。

「神田歩美さんが生前書かれた日記の中に、島村晴樹君の成長が書かれていたんです。でも、晴樹君は、十年前に亡くなっていますよね。それって、妙じゃないですか。ですから、その理由を確かめにここに来たんです」

番田は目を丸めた。猿芝居。村長から話を聞いているだろうに、初耳だと言わんばかりの反応。

「……晴樹君の成長が、日記に？」

「はい」

「それはそれは……なんともミステリーですね。もし、本当に生きていればの話ですが」

余裕のある声が続く。

「晴樹君は、十年前に死にました。奥井《おくい》さんが死体検案書を作成しています」

「奥井……」

「奥井医院の先生です」

薫は、ここに来る前にインターネットで検索した内容を思い出す。奥井医院は、この村にある唯一の医院だ。

番田は続ける。

「実際に遺体を見た村人もいます。それに、警察だって確認しています。まさか、検案書は虚偽記載で、遺体を見た全員が嘘を言っているとでも思っているんでしょうか」

検案書を偽造し、村人や警察まで全員が嘘を吐いている。それができれば、島村晴樹は生きていることになるが、現実には不可能だろう。

人の口に戸は立てられない。人が死んだ場合、多くの人間が関わる。すべての人間が嘘を吐くなど困難だ。

当然の指摘。薫は顔色を変えないよう努める。

「嘘を言っているとは思っていません」

「そうでしょう。そんなこと無理に決まっているでしょう。普通に考えれば、あの女の頭がおかしくなっていたというのが妥当です。そんな分かりきったことで警察が動くなんて、どうかしています」

言葉を区切った番田は、思い詰めたような表情を浮かべた。

「……やはり、穢れた血の業《ごう》は深いんでしょうかね。死してなお、いろいろな人を翻弄《ほんろう》するなんて」

「……穢れた血？」

薫の問いに、番田の唇が僅かに歪んだ。

「いえ、気にしないでください。ともかく、晴樹君は亡くなりました。間違いなく」

番田は力強い口調で言う。その念押しに違和感を覚える。今さら強調する必要のないことを声高に言われると、勘繰ってしまう。

穢れた血という言葉も気になったが、この様子では教えてはくれないだろう。

攻めるためのカードを切ろうと薫が口を開いたところで、赤川の声が聞こえてきた。振り返ると、両手に食べ物を抱えた赤川が近づいてきた。

「お待たせしました……いやぁ、さっきの舞台に見とれてしまって遅くなってしまいました」

口の端に青のりが付着している。演舞を見ながら食べたのだろう。

「たくさん買ってきたので、しっかりと食べてください。どれでも好きなものを……」

そこまで言った赤川は、番田の存在に気づく。互いに挨拶を交わす。

「あの、さっき舞台で踊っていた方ですか」

赤川も、薫と同じ感覚を抱いたようだ。

その質問に破顔した番田は、首を横に振る。

「守神様をやったのはわしではなく、奥井医院の息子さんですよ。身のこなしもいいし、立派なものです。まぁ、あの面はわしに少し似ているとよく言われますがね」

「やっぱり言われますか。似ていますよね。ちょっとびっくりしました」

赤川は感嘆したような声を発する。二荘村が祭り上げる神に似ていると言われて悪い気はしないのか、番田は満足そうだった。

「守神様の役は、基本的に村長一族の人間が立つんですが、ときどき、三役やそれに準ずる役職の中からも選ばれるんですよ。守神様を演じるのは、とても名誉なことでしてね。実は、わしも昔やったことがありますが、あれでなかなか体力が要るんですよ。あの舞台に立つのは、本来は村長の孫である晴樹くんの役目だったのですが、亡くなってしまいましたからね。真君《まこと》は、よくやっています。まぁ、三役の血筋なので、異論はないでしょう」

三役とは、いったいなんだろうか。薫が疑問を口にする前に、赤川の声がした。

「真君って、奥井医院の息子さんですか」

「そうですそうです。頭も良くて素直で、いい子ですよ。この村も過疎化が進んでいますし、彼には大いに期待しているんです。やはり、若い人が村を盛り上げてくれなければなりませんから」

一度言葉を区切った番田は、乾いた唇を舌で舐める。

「本当に、晴樹君が事故死したのは残念ですよ。でも、一番がっくりしたのは真君でしょうね。二人は優秀で、非常に仲が良かったですから」

「へぇ、仲が良かったんですね」

「そりゃあもう。二人ともずっと一緒にいましたね。頭も良くて、将来が楽しみだったんです。真君にとっては、ライバルがいなくなってしまった形でしょうね」

二人で話が盛り上がっている。赤川は、人当たりが良さそうな外見と言動で好かれるか、ねちっこい性格を見破られて嫌われるかのどちらかだった。

どうやら、番田には気に入られたらしい。二人で酒盛りでも始めそうな雰囲気だった。

このまま赤川に主導権を譲って、番田をいい気分にさせて懐柔するという案も考えたが、時間もないし、なにより、空腹で苛立っていた。

「一つ、お聞きしてもよろしいでしょうか」

話の腰を折られたと思ったのか、番田は迷惑そうな顔をする。なぜか、赤川までもが同じ表情を浮かべていた。

「……なんでしょう」

胡乱《うろん》な目つき。

薫は、汗や土埃《つちぼこり》でガサガサになった髪を耳にかけた。

「先ほど、晴樹君は間違いなく亡くなったと言いましたよね」

その問いに、番田は呆れ顔になる。

「何度も確認することですかね……ええ、そうです。晴樹君は間違いなく……」

「ですが、全員が口裏を合わせた可能性もありますよね」

言葉を遮る。

全員が共謀し、島村晴樹の死を偽装する。不可能と断言しても差し支えない。しかし、可能性がゼロではないという考えが芽生えた。

単なる思いつき。薫はそれを口にする。

「晴樹君の遺体を確認したという村人の嘘。死体検案書を書いた奥井医院の嘘。警察の嘘。それらがあれば、一人の人間の死を偽装することができます」

荒唐無稽《こうとうむけい》な着想。村人が団結して遺体を晴樹のものだと言い張り、奥井医院が嘘の死体検案書を書き、管轄する秋川警察署が結託しなければ実現できない。実現できる可能性はほぼないし、そもそも偽装する必要性も分からない。普段なら、当然のように切り捨てる線。しかし、今回はその線にすがってみたくなった。

　晴樹は生きている。

　本気でそう思ってしまうほど、神田歩美の日記に書かれた晴樹の成長記録は、現実味のあるものだった。

　薫が発した意見を、番田に一蹴《いっしゅう》される。そう思っていたが、目の前の老人は口を一文字に結んで顎に力を込めていた。

　番田の反応に僅かな手応えを感じた薫は、手持ちのカードを切る。

「先ほど、晴樹君が亡くなった崖の近くに住む女性と会いました」

　その言葉に、番田の眉が吊り上がり、反対に口の端が下がった。喜怒哀楽のどれにも属さない複雑な表情。

　薫は続ける。

「その女性は、晴樹君が生きているようなことを言っていました。そんな噂、ご存知ありませんか」

　村の目付——監視役である番田が知らないはずがない。

　どう出るかと期待を胸にした。動揺したら、生きているという話に真実味が増す。憤怒の場合も同様だった。人は、真実を隠すときには怒りを使って覆うことが多い。もっとも簡単で、もっとも稚拙《ちせつ》な隠蔽《いんぺい》工作。

ただ、番田の反応は意外なものだった。

「あの女か」顔に失笑を浮かべる。

「立川警察署の羽木さんといいましたね。刑事課?」

「そうですが」

再びの失笑。馬鹿にしたような態度だった。

「どうやら、立川警察署は人手不足なようですね。まぁ、女性が刑事をやるっていうだけでも大変でしょうから、お察ししますよ。男でも大変な仕事を女性がやるのは、さぞご苦労なさっていることでしょう」

「……なにが言いたいんでしょうか」

明らかな挑発。口調が尖る。空腹と疲労による苛立ちで、普段よりも怒りのボルテージが上がりやすくなっていた。

番田は嘲笑《ちょうしょう》するような笑みを浮かべ、顔全体を皺くちゃにする。

「頭がおかしくなった神田歩美の話を信じてここまで来て、あの女の馬鹿げた話に振り回されて……まったく女性という生き物は、感情に支配されやすいんですねぇ。同僚の方が気の毒ですよ。やはり、女性は刑事といった荷が重いものよりも、交通整理なんかのほうが向いている気がしますよ。あなたのような女性が刑事をやっていたのでは、解決する事件も未解決になってしまいそうですねぇ」

　そう言って、赤川に同情するような視線を向ける。

　耳の奥で、張り詰めた糸が切れるような音がした。怒りを抑え込む弁が吹っ飛び、天高く舞う。

「女が刑事をやって、なにが悪いんでしょうか」

　とぼけた顔。薫は舌打ちをする。

「女が刑事をやるのに、なにか問題があるんですか」

　完全に喧嘩腰《けんかごし》になった。

「ち、ちょっと羽木さん！」

　狼狽《ろうばい》した様子の赤川が近づいてきて止めに入るが、手で押し戻す。近くにいられるだけで暑苦しい。

「あなたにそんな言い方をされる筋合いはありませんし、心配されているようなことは一切ありませんので。そもそも、女が刑事に向いてないってなんですか？　性別で職業の向き不向きを決めるなんてナンセンスです。あぁ、まぁ、こんな閉鎖的な小さな村で生きていれば、そういった狭い料簡《りょうけん》で物事を見てしまうのも理解できます。あなたこそ、その歳にもなって、前時代的な発言をして恥ずかしくないんですか。まったく、そんな歳にもなって。もっと世間を見たらどうですか。山を下りてみることをお勧めします」

一気にまくし立てる。

しかし、番田は余裕の表情だった。

怒りに、薫の全身が粟立つ。そして訪れる敗北感。先に頭に血が上ったほうが負け。捜査中も、取り調べのときも念頭にある絶対的真実。

完全に、番田に場を掌握されてしまった。

「ストレスが溜まっているんですねぇ」優しささすら感じさせる口調。

「今日は祭りですので、しっかりと日頃の鬱憤《うっぷん》を晴らしてください。では、わしはこれで」

「晴樹君の話はまだ終わって……」

「終わりましたよ」腹の底から発するような低い声。

「晴樹君は亡くなったんです。これ以上、村のことを嗅ぎ回るのは止めていただきたい」

言い終わると、踵を返して離れていった。足を引き摺ったような歩き方。それすら気に食わない。

全身が熱くなった薫は、口を大きく開く。

「絶対に、真実を突き止めますからね！」

言葉を投げつけるが、番田の歩みは止まらなかった。やがて、人混みに紛れて姿が消える。

敗北という二文字が、薫の頭を占める。

なにをやっているのか。

蹲《うずくま》りたい衝動を、なんとか堪える。

「羽木さん、ドンマイです」

その言葉に殺意を覚えた薫は、赤川から焼きそばを奪い取り、口に掻き込む。途中で咽せたが、箸《はし》を止めずに完食した。

目を丸くする赤川を無視して、スポーツドリンクを喉に流し込んだ。

肩で息をしながら、手の甲で口を拭う。

「今の会話について、今後、一切のコメント禁止」

睨みつけながら言う。赤川は青い顔で何度も頷いた。

薫は次に、たこ焼きに手を伸ばす。すっかり冷めていたが、なかなか美味しかった。やけ食いだ。番田との会話を思い出すと、いたたまれない。攻め方によっては、有用な情報を引き出せたかもしれないと思うと、感情に支配された自分に怒りすら覚える。

たこ焼きを完食する。そして、肩の凝りを解《ほぐ》すために、首を回す。

怒りと悔しさで、頭が痛くなってきた。

そのとき、赤川の身体が揺れていることに気がつく。

顔が青い。いや、血の気が引いて白くなっている。

「……どうしたの？」

薫が声をかけるが、反応はない。視線は、虚空を見つめていた。

黒目を震わせた赤川は、上を向いたかと思うと、その場に卒倒してしまった。

4

暖色系の光。

こういった場所では白い蛍光灯《けいこうとう》が使われるものだと思っていたので、なんとなく違和感があった。

六畳ほどの部屋は簡素なものだ。家具の類は、ベッドとナイトテーブル、それに窓際に置かれたソファーのみだった。白と、乳白色の世界。カーテンすらクリーム色だ。この部屋を作った人物は、清潔感を第一義にして設《しつら》えたのだろう。味気ないという印象を薫は抱いたが、居心地は良い。適温に保たれた空間。

「……すみません」

赤川はかすれ声を出す。

ソファーに横になっていた薫は、顔だけを赤川に向けた。

「まぁ、大事無くて良かった」

神社の境内で赤川が前のめりになって倒れたとき、最初、なにかの冗談かと思ったが、一向に動く気配がないので、慌てて駆け寄った。赤川は息をしていたものの、気を失っていた。そして、事態に気づいた村人の助けにより、こうして奥井医院に担ぎ込まれたのだ。赤川はすぐに意識を取り戻したが、点滴を体内に流し込まれながらベッドに横になっている。

軽い熱中症という診断だった。

意識を失って倒れたのが嘘だったかのように、今は顔色も戻っていた。頭を動かして、氷枕の感触を楽しんでいる。

二十一時。

ここに来て一時間ほどが経過していた。三十分ほど前から、祭囃子は聞こえてこなくなっている。もう終わったのだろう。

部屋の扉がノックされる音。薫は慌ててソファーに座り直す。二秒ほどして、白衣を着た男が部屋に入ってきた。

奥井医院の院長である奥井敏男《としお》だった。痩身《そうしん》で色黒。顎髭を生やしている。休日はアウトドアをして気分を発散させるようなタイプに見えた。

「気分はいかがですか」

渋みのある声。茶色い瞳には深みがある。

「お陰様で、ずいぶんと良くなりました。お腹も空いてきましたし、もう大丈夫そうです」

赤川の言葉に、奥井は微笑む。

「それは良かった。今のところ、特別な処置は必要ないですが、明日、念のため病院を受診してください」

赤川は頷く。

「いやぁ、夜遅くにご迷惑をおかけしました」

「構いませんよ。それよりも、こういった暑い日は、こまめに水分を摂ってください。前日に夜更かしなどをして体力が落ちていると、熱中症になりやすいですから、生活にも十分注意してください。昨日、しっかりと寝ましたか」

点滴を外しながら奥井が訊ねる。

赤川は首を横に振った。

「……昨日は徹夜で調べものをしていました」

「原因はそれでしょうね。今回は軽くて済みましたが、熱中症で亡くなる人も多いんです。運が良かっただけですよ」

赤川は、下唇を突き出す。まるで、怒られてへそを曲げた子供だ。

「警察の方でしたね」奥井は一度言葉を区切る。

「調べものというのは、なにか事件が起きたんでしょうか」

「いえいえ、違います。二荘村で亡くなった島村晴樹君のことを調べていたんです。ほら、十年前に事故で無くなった村長のお孫さんです」

赤川はペラペラと喋る。情報収集をするための情報開示。薫は知らん顔をする。

奥井は、奇妙だと言わんばかりの表情を浮かべた。

「……十年前のことを、今さらですか。あれって、事故じゃなかったんですか」

疑問を口にした奥井に対して、赤川は書類を紛失したという嘘を告げるが、納得していない様子だった。そもそもが無理筋な嘘なのだ。

「事故だと思いますよ。でも、再度書類を作成しなければならないので、こうして村を歩き回って情報収集をしているんです」

あくまで押し通そうとする赤川は、腕についた点滴の痕を手で擦った。

奥井は俯《うつむ》き加減になりながら瞼《まぶた》を瞬かせる。

「書類の作成ですか……死体検案書なら私が書きましたので、写しをお渡しすることはできますよ」

「え？　そうなんですか！　助かります！」

赤川は嬉しそうな声を上げる。死体検案書を見たところで意味はないと思ったが、貰えるに越したことはない。

「ただし、正式な手続きをしていただかないとなりません」

「え、あ、そうですよね」

赤川は落胆を隠そうともせず、視線を薫に向けてくる。

「分かりました」

薫は言う。ただ、手続きなどするつもりはなかった。明日、秋川警察署に出向いた際に確認すればいいことだ。

それよりも、これで、薫の突飛な推論に僅かな真実味が増した。

突飛な推論——村人が団結して遺体を晴樹のものだと言い張り、奥井医院が嘘の死体検案書を書き、管轄する秋川警察署が結託して晴樹を死んだものとして扱う。

村人が口裏を合わせることは比較的容易だろう。そして、奥井が死体検案書に嘘を記載するというのも不可能ではない。残るは、最大の難関。秋川警察署がこの件に一枚噛んでいるという可能性。

生きている人間を死んだものとする。そんなことに警察が手を貸すはずがないと思ったが、万が一もある。

「……正式な手続きは後日するとして」赤川は二重顎に手を当てる。

「奥井先生は、晴樹君の遺体を見たとき、なにか不審だと思ったことはありませんでしたか」

「ありません」

不自然に思えるくらいの即答。

「遊んでいるうちに崖から転落して亡くなった。あれは事故です」

きっぱりと言い切る。裏があるようにも感じるが、考えすぎかもしれない。

「そうですよね。まぁ、事件性があるとは思っていませんけど」

赤川は呟くように言ってから、口を噤《つぐ》んだ。

攻め方を考えあぐねているようだった。

正直、このまま奥井をつついてもなにか出てくるとは思えなかった。

時計を見ると、二十一時半を回っていた。そろそろ潮時だろう。

赤川も、壁掛け時計に視線を向ける。

「ふぅ……もうずいぶん気分も良くなりましたので、そろそろ失礼します」

そう言って立ち上がり、自分の関節が正常に可動するかを確認するかのように全身を動かす。その動作を繰り返した後、満足そうに頷く。どうやら、問題なさそうだった。

部屋を出る。赤川が会計を済ませている間、薫は医院の待合室に置かれたソファーに腰掛けた。

奥井医院は一戸建てで、どうやら二階部分が居住スペースのようだった。かなり広く、二階部分だけでも百平米以上あるだろう。

二荘村の地価は分からないが、こんな山奥にあるのだから安いはずだ。それならわざわざ自宅と一緒にしなくてもと思うものの、建物自体が古いので、代々ここに住んでいるのかもしれない。

赤川から診察料を受け取っている奥井を見る。死体検案書を偽造し、島村晴樹が死んだように見せかけるには、奥井が虚偽記載をする必要がある。そんなことをする人物かは見た目では分からないし、直接聞くわけにもいかない。

どうすればいいかと思考を巡らせたが、疲労困憊しているせいか、考えがまとまらない。

これから一時間近く運転するのかと憂鬱な気分になっていると、玄関から人影が入ってきた。

髪の短い、痩せた青年だった。二重の目が大きく、薄い唇は赤い。日に焼けた肌は精悍《せいかん》な印象だったが、表情が大人びているせいか、落ち着いた雰囲気の持ち主だった。

青年は薫の存在に気づくと、一瞬固まってから、ぎこちない調子で頭を下げる。

薫も会釈を返す。

青年は一言も発することなく、待合室を横切って姿を消した。

「挨拶もせずに申しわけありません。息子の真です」

会計を終えた赤川と並んでいた奥井が言う。

「真君……あれ、今日の祭りの舞台で踊っていた？」

赤川が訊ねると、奥井は照れ笑いを浮かべる。

「そうです。見てくださっていたんですね」

「しっかり見てましたよぉ」赤川の声が大きくなる。

「いやぁ、キレのある動きっていうんですか。踊りとかは全然分かりませんが、緩急のある身のこなしが板についていたというか。高校生ですか？　もしかして、ダンス部に所属しているとか？　あ、ダンススクールとかですか？」

あまりに大袈裟《おおげさ》な褒め言葉に、奥井はやや引いている様子だったが、それでも嬉しそうな顔をしていた。

「高校生になったばかりです。部活はしていますが、ダンスとかはしていないですね」

「はぁ。それなのに、あんな美しい動きができるんですねぇ」

感嘆の声も大きかった。

その様子を、薫は不思議に思う。まるで、誰かに聞かせるために声量を上げているように感じた。

「それでは、僕たちはこれで失礼します。晴樹君の件、正式な捜査ではありませんが、我々刑事が、引き続き調査しようと思っていますので」

そう言った赤川は、太鼓腹をポンと鳴らした。

外に出ると、不快な暑さは和らいでいた。

満点の星空と表現したくなるような光景が頭上に広がっている。山々に囲まれた二荘村の明かりは弱く、まるで、夜空の中にいるような錯覚を覚える。普段の生活で、ゆっくりと自然を見ている余裕はなかった。ちりばめられた輝く星は、少しジャンプすれば届きそうな気がした。

奥井医院から離れようと歩き始めた薫は、すぐに立ち止まった。

医院の建物の奥に、蔵があった。白壁で、頑丈そうな造りになっている。出入り口は固く閉ざされているだけでなく、大きな南京錠がかけられてあった。見た目は蔵なのだが、どこか不気味だった。

「どうしたんですか?」

先に歩いていた赤川が声をかけてくる。

「別になんでもない」

返事をして、赤川を追った。

駐車場までの道程を歩く。途中、神社に差し掛かった。すでに祭りは終わっており、人の姿は疎《まば》らだった。

「さっき、どうしてわざと声を大きくしたの?」

薫が疑問を口にすると、赤川は目を瞬かせてから、にやりと笑う。

「真君に聞こえるように言ったんですよ。直接伝えたかったんですけど、わざわざ呼ぶのも悪いですから」

たしかに、舞台で演舞をする真は素晴らしかった。褒めたい気持ちも分かる。

ただ、なんとなく、赤川のキャラではない。本心は別にあるような気がした。

「それだけ？」

薫が問うと、赤川は真剣な表情を浮かべる。

「それもありますけど、もう一つ理由があります」一度言葉を区切った赤川は、ゆっくりとした口調で続ける。

「島村晴樹が転落死した当初、一緒に遊んでいたのが真君なんです」

その言葉に、薫は目を細める。

「当時真君は、島村晴樹とはぐれたと言っていました。でも、もしかしたら、なにか知っているんじゃないかと思ったんです」

――晴樹君の件、正式な捜査ではありませんが、我々刑事が、引き続き調査しようと思っていますので。

薫は赤川が最後に言った言葉を思い出す。赤川は奥井真に、警察が島村晴樹の死を捜査しているということを植え付けたかったのか。

そこまで考えて、薫は首を傾げる。

「……でも、捜査しているって聞かせて、なにか意味があるわけ？」

「どうでしょうか」赤川は首をすくめる。

「もしかしたら、話を聞いた真君が、妙な動きをするかなと思っただけです」

なんとも漠然とした考えに呆れる。

そのとき、ふと薫は思う。

島村晴樹が生きていたら、真と同じくらいに成長していただろう。一人の時は止まり、もう一人の時は動き続けている。

島村晴樹の生前の写真を、今度確認してみよう。

＊

あなたを産むまでは、正直、子供が好きじゃなかったの。

電車の中で泣きわめいたり、スーパーで走り回ったりしていて、煩《わずら》わしい存在だった。自分だって子供時代があったのに、子供が嫌いだった。子供好きの人の気持ちが分からなかった。

でも、あなたが生まれて、今までの価値観が変わった。

道を歩いていると、ついついベビーカーの中を覗いてしまうし、公園でよちよち歩きをしている子供を見ると、とても幸福な気持ちになるの。
晴樹にも、寝返りが打てない時代や、ハイハイしているときがあったのよ。
今は、あんなにも精悍な少年になって驚いています。
子供は可愛い。
どんなに子供がうるさくしていても、私には優しい音色に聞こえてしまう。
でも、正直、子供自体を好きになったんじゃないの。
あなたを愛おしく思うから、子供に寛容になれた。
あなたがこの世にいるから、子供が可愛く見える。
すべてが許せる。
すべてを我慢できる。
それで、すべてが輝き、私はそれに救われている。

5

耳鳴りがして、薫は目を覚ました。
ゆっくりと半身を起こす。身体の節々が痛くなっていた。おそらく、慣れない山登りをしたせいだろう。

肩や首の凝りも酷い。このままだと頭痛がしそうなので、薬箱から鎮痛剤を取り出して、二錠口に放り込んだ。水なしで嚥下《えんげ》する。鎮痛剤を飲むのも慣れたものだ。

エアコンの電源を入れ、部屋の中が涼しくなるまでベッドに横になる。白い天井が、やけに低く感じる。心理的な圧迫感を感じているせいだろうか。

微睡《まどろ》んだり覚醒《かくせい》したりを繰り返した後、ようやく起き上がった。

テレビをつけると、優生保護法の訴訟についてのニュースが流れていた。勝手に判断基準を作り、強制的に子供を産めないよう手術することができる法律。手術を受けさせられた人は、子供を産むことができなくなる。そんなことが、一九九六年までの四十八年間続いていた。考えるだけでもおぞましい。

暗澹《あんたん》たる思い。

薫はテレビを消して、汗で濡れたTシャツとショーツを洗濯籠に放り込み、シャワーを浴びる。

二荘村で山を歩き回って疲れていたのに、昨晩は寝つきが悪かった。寝る前に、神田歩美が遺《のこ》した日記を手に取ったのが原因かもしれない。

子供を産めない不良品と元夫に罵られる夢は見なかったが、その代わりに、神田歩美が子供と一緒に遊んでいる夢を見た。夢の中での神田歩美は、心の底から幸福そうに笑っていた。子供も、母親を信頼しきっている様子だった。子を守ろうとする親の強さまで、夢の中で感じ取ることができた。

羨望と嫉妬《しっと》を感じる。

結局、いい夢ではなかった。

頭からぬるま湯を浴びながら、平らな腹部を擦り、無意識にそうしたことに腹が立った。

洗面所で髪を乾かしてから、持っている普段着の中で、もっともましな半袖のシャツを着て、黒いスキニーパンツを履いた。

時計を見ると、十時を回っていた。

約束の時間は十一時。少しだけ化粧を念入りにした薫は、部屋を後にした。


向かったのは、立川駅から五分ほど歩いた場所にある喫茶店だった。

『一六珈琲店』

厳《いか》めしい筆致で書かれた黒い店名を見上げる。

昨晩、赤川からメールが送られてきて、集合時間と場所が書かれてあった。どうやら、情報共有したいことがあるらしい。どうせ明日も二荘村に行くのなら、そのときでいいじゃないかと返信すると、勝木からの話だと返答があった。すぐに、行くと返した。

店内に入る。

右手にカウンター。左には丸テーブルが数台。

カウンターの前に作られた棚には大きな瓶《びん》が並び、中にはコーヒー豆が入っていた。落ち着いた雰囲気だ。

「羽木さん！　こっちですよ！」

赤川が手を振っている。そんなことをしなくても見つけられると思いつつ、薫は緊張した足取りで一番奥にある丸テーブルに向かった。

「昨日はどうも」

椅子から立ち上がった勝木が軽く頭を下げる。低い声。それに似合った濃い顔の造り。やはり好みだ。

薫は、浮つく感情を押し隠し、平静を装って挨拶を返した。

椅子に座ると、赤川がメニューを目の前に置いた。

「ランチでいいですよね。ここの自家焙煎《ばいせん》コーヒー、なかなか美味しいんですよ」

言うが早いか、パスタランチ三つと、コーヒーを注文する。薫はアイスコーヒーが飲みたかったが、訂正するのも面倒なので黙っておいた。

注文を終えた赤川は、昨日、二荘村で起きたことを矢継早《やつぎばや》に話し始める。

一心祭での祭りの様子や、踊る翁。

死んだ晴樹のこと。晴樹が生きているかもという老婆の証言。晴樹は死んだと断言する番田のこと。その話しぶりから、赤川は晴樹の死について調査していることを勝木に伝えているのだろう。

部外者に情報を漏らすのは好ましくないと思ったが、晴樹の件は正式な捜査ではないので、別に問題ないかと考え直す。

一通り昨日のダイジェストを話し終えたところで、料理が運ばれてきた。

いち早くフォークを手に取った赤川は食事に専念するためか、会話の主導権を勝木に渡した。ようやく、本題に入る流れになる。

勝木は、口元を手で押さえながら咳払いをした。

「二荘村のことについて大体調べがついたので、今日は報告をしようと思いまして」

そう言いながら、鞄から大学ノートを取り出した。

「……そんなことを依頼してたの？」

薫が問うと、なぜか赤川は照れるような笑いを浮かべた。

「これまで二荘村で起きたこととか、知っていたほうがいいかなと思ったんですよ」

「まったく……」

「いえ、いいんです」慌てた様子の勝木が割って入る。

「村といった一種の閉鎖空間で起きる事象については、僕自身興味がありますので。民俗学の観点からもですし、個人的趣味でもあります」

言いつつ、ノートを開く。

「二荘村には世襲の役割が存在します。その筆頭が、島村家。村長一族です。五十年間無投票当選をしていますが、要するに、村全体が世襲だということに納得しているんですね。その下に、村方三役というものがあります」

話を聞きながら、講義を受けているような気分になってくる。

勝木は続ける。

「歴史の教科書にも、村方三役という言葉は出てきます。近世の村役人のことです。ただ、二荘村での三役は、一般的なものとは役割が異なります。まず、組頭《くみがしら》という役職があります。簡単に言えば、村長の補佐役で、五十嵐《いがらし》家が代々担っています」

勝木は、開いたノートをテーブルの中央に置く。そこには、二荘村の役職が簡潔に示されていた。一番上に村長一族。そこから棒線が三つ伸びていた。その棒線の一つにぶら下がっているのが、今言った組頭の五十嵐家だった。

「もう一つが百姓代《ひゃくしょうだい》。会計役ですね。村の運営や、今回の一心祭といったイベントの費用等を調整する役割です。こちらは伊藤《いとう》家が担っています。そして、十村《とむら》。村に疫病や厄災が襲った際の対応をする者です。これは、奥井家が担っています。ほら、剣信《けんしん》が世話になったっていう病院だよ」

勝木が言う。

剣信？

一瞬誰かと思ったが、そういえば赤川の名前が剣信だった。似合わない名前だなと思う。

「二荘村では村長を筆頭にして、三役が補助するという体制を取っています。二荘村の象徴的な祭りである一心祭で、翁の舞があったでしょう。あれは、基本的には村長一族が担うのですが、三役の中からも選ばれるんです。つまり、四家のうち、年若い男性の役割となっているということです。まぁ、例外もあるようですが」

たしか、番田もそのようなことを言っていたことを薫は思い出す。

それにしても、あの面を見ていると、どうしても守神という気がしなかった。狡猾《こうかつ》そうではあるが、不気味だった。豪族の武力に対抗する象徴としては力不足。

「……あの翁、本当に村の守神なんですか」

意図が伝わらなかったのか、勝木は不思議そうな顔をした。

「というと？」

「いえ、単純にビジュアルが弱そうだなって思いまして。もっと、筋骨隆々とした守神のほうが良いんじゃないかと」

勝木は笑う。馬鹿にしているわけではなく、その発想を面白がっているようだった。

「剣信にも話しましたが、二荘村の村人総出で戦ったとしても、豪族に対抗できるはずがありません。武力差がありすぎます。そこで、二荘村は、生き残り策を考え出したんだと思います。いろいろと説はあるようですが、やはり人を喰らうという噂を流した件が信憑性があるなと思っています」

食人。カニバリズム。昨日赤川からも聞いた話だった。

「人を喰らうような穢れた村ですから、わざわざ取り込もうと思わなかったのかもしれません。もしかしたら、攻めて焼き払ってしまえという意見もあったかもしれないですが、歴史を見る限りでは、二荘村は独立を保っています。つまり、功を奏したわけです。実際に、人を喰ったという記述はあるものの、それを裏づける証拠はありません。要するに、そう思わせることで微妙なバランスを保っていたんです」

そう思わせることで、微妙なバランスを保つ。

それが、二荘村にとっての生存戦略だったのだろう。

さて、と勝木は一拍置く。

「羽木さんの疑問である、どうして二荘村の守神が老人かという件ですが……おそらく、そっちのほうが、豪族をビビらせるのに都合が良かったからじゃないですかね」

「……都合が良い？」

勝木は頷く。

「ほら、神様のイメージって、白い髭を蓄えた老人って感じがしませんか？　もちろん、マッチョな神様もいますけど、翁のほうが、底知れぬ感じがするでしょう。神様なんて目に見えるもんじゃないし、姿なんて好き勝手に作るもんですから」

「……そういうものですか」

ずいぶんと緩いなと思う。なんとなく疑わしかったが、勝木は、そういうものですと頷いた。

「二人とも、早く食べないと冷めますよ」

綺麗に料理を平らげた赤川が指摘する。

食事の存在に初めて気づいたような反応を示した勝木は、慌てた様子で食べ始める。薫も、フォークを使って冷めたパスタを口に運んだ。

全員の皿が空になると、テーブルの上の食器が片付けられ、代わりに自家焙煎コーヒーが運ばれてくる。

薫は、ゲップが出そうになるのを堪え、膨張した胃袋を服の上から擦った。赤川の前ではどうでもいいが、今は勝木がいるのだ。

水を喉に流し込み、事なきを得る。

自然と、勝木が続きを喋る流れになった。

「二荘村の主な役職である村長と村方三役は、いわば表舞台に出る立場のものですが、もう一つ、裏方として面白い役職があります。それが、目付である番田家です」

番田。昨日、薫たちの行動に釘《くぎ》を刺しにきた人物。

「目付は、村の監視や、暴動などが起きた際の鎮圧をするのが主な役割ですが、ときには外敵を排除する役割も担っていました」

「あの老人がそんな役目を負っているなんて思えないけどなぁ」

赤川が口を挟む。

「まぁ、村の監視はともかく、今の時代に暴動や外敵の排除はないだろうねぇ。今は形だけの役職なんじゃないかな」

勝木も同意する。

「ただ、この制度も限界のようだよ。村長一族には子供がいなくて、村方三役も子供がいたりいなかったり。伊藤家は子供がいるものの、村外に出ている。まぁ、十村の奥井家には高校生になる息子がいるけど、あの村に残るとは思えない」

よく調べたなと薫は感心する。

「限界集落ってやつか……まぁ、村方三役のことは分かったけど、ほかに面白い噂とかはないの？　島村晴樹の幽霊が出るって話は聞いたから、それ以外で」

赤川の要望にしばらく頭を悩ませている様子の勝木だったが、やがて口を開く。

「そういえば、昔、男が一人、行方不明になったことがあるみたいだよ」

「男？　誰？」

「いや、詳しくは分からないんだけど、十五年くらい前だったみたいだね。それで一時期、一心祭の二日目の生贄《いけにえ》にされたんじゃないかって噂があったらしい」

「……十五年か。それじゃあ、島村晴樹とは関係なさそうだなぁ」

赤川はそう言いながらも、手帳を取り出してなにかを書き込んでいた。

男の失踪。

島村晴樹が死んだのは十年前だから、それより五年も前なら無関係だろう。


店を出ると、勝木は講義の準備があると言って先に帰ってしまった。一緒に二荘村に行くものとばかり思っていたので、薫は落胆を隠しきれなかった。

「今日は、夕方に二荘村に到着するようにしましょう。昼間だと、暑くて村の人が外を出歩いていないと思いますし」

張り切った声を出す赤川の後ろ姿を見る。

「……あのさ。あとどれくらい続けるつもり？」

その問いに、赤川は立ち止まって振り返る。

「正直、このまま調査したところで、島村晴樹の死の真相に辿り着けないと思うんだけど」

休みはあと三日しかない。そのすべてを費やすつもりはなかった。

そもそも、本当に真相などあるのだろうか。

神田歩美が虚偽の日記を書いていた。そう結論付けてしまえば、矛盾はなくなるのだ。島村晴樹は、公的な記録どおり、事故死。丸く収まる。

腕を組んで下唇をつき出した赤川は、自分を納得させるように頷く。

「たしかにそうですね。ダラダラやっていても仕方ありませんし、今日なにも成果がなかったら、あとは一人でやります。もともと、僕が付き合わせたわけですし」

「……一人で続けるの？」

赤川は頷く。

「確証があるわけじゃないんですけど、なんか、気になるんですよねぇ……うーん、これ、刑事の勘ってやつですかね」

漠然とした違和感。それは、薫自身も抱いているものだった。

昨日、わざわざ目付である番田が釘を刺しに来たのが気になる。単純に、村で話を聞きまわっていることが迷惑だから止めようと思っていたのかもしれないが、嗅ぎ回られたくない隠しごとがあるのではないかと勘繰ってしまう。

ただ、このまま聞き込みをしているだけでは、真相には辿り着けない。突破口が見えない。

「あ、ここのパンケーキ美味しいんですよ！」

唐突に話題を変えた赤川が、洒落《しゃれ》た外装の店を指差す。

「食べていきませんか？」

「……さっきパスタ食べたばかりでしょ」

呆れ声を出すが、赤川は意に介さない。

「パンケーキはデザートですよ」

そう言って、店内に入っていこうとする。付き合っていられないと思ったが、ご馳走するという言葉に迷いが生じ、結局、ついていくことにした。

注文から四十分以上も待たされて提供されたパンケーキはたしかに美味しかったが、長々と待つほどではないなと思いつつ店を出る。

十四時半。良い頃合いだった。

赤川のマンションに行き、車で秋川警察署に向かった。


目的地には、三十分ほどで到着した。

秋川警察署は、五日市《いつかいち》線の秋川駅の近くにあった。

管轄エリアが広くないからか、警察署も小ぶりな印象を受けた。

二階に上がり、刑事課が入っている部屋に入る。目的の人物はすぐに見つかった。

「おお！　薫ちゃん、久しぶり」

椅子から立ち上がって近づいてきたのは、刑事課の三ツ橋《みはし》だった。以前、合同捜査をした際に顔見知りになっており、昨日の夜に訪問の件をメールで伝えていた。

「会議室を押さえておいたから」

四角い顔に笑みを浮かべ、いかり肩で風を切るようにして歩く。五十代。全体的に丸みを帯びているが、柔道をしている姿が容易に想像できる骨太の体型だった。

会議室は空調が効いていたが、西に面しており、日差しが入ってきて暑かった。テーブルを挟んで、パイプ椅子に座る。

「急にすみません」

薫が頭を下げると、三ツ橋は首を振った。

「いやいや、大丈夫。ちょうど、こっちも聞きたいことがあったし」

そう言うと、大きくて四角い顔を近づけてきた。それだけで威圧感が増す。

「まずは、俺のほうから質問いいか。昨日一昨日と二荘村に行って、十年前の事故のことを探っているそうじゃないか。あそこ、立川署は管轄じゃないよな。なにかの事件関連？」

声は柔らかく、口元には笑みすら浮かんでいたが、目が据わっていた。

背筋を伸ばした薫が説明しようとすると、赤川がそれを遮った。

「それは僕から説明します」

赤川は自己紹介をした後、要点を掻い摘んで、端的に話す。

アパートで神田歩美が病死していたこと。部屋から見つかった日記に、十年前に死んでいるはずの島村晴樹の現在までの成長が書かれてあること。あまりにもその記述にリアリティーがあり、もしかしたら島村晴樹が生きているのではないかと考えていること。二荘村の老婆が、島村晴樹が生きているかもしれないという発言をしたこと。

過不足なく、実に分かりやすい説明だった。

腕を組んで話を聞いていた三ツ橋は、苦虫を嚙み潰したような顔をしていた。

「……神田歩美の頭がおかしかったっていう可能性はないのか？」

もっともな疑問を投げかけてきたので、薫は口を開く。

「その可能性は否定できません。ただ、日記を見ていると、島村晴樹が生きているように思えてくるんです。もし、精神に異常をきたしていたのだったら、あんな日記は書けないはずです。周囲からも、そういった話は聞こえてきませんでした。それに、昨日会った方も、島村晴樹が生きているかもしれないと漏らしていましたし」

――その老婆の頭もおかしくなっているんじゃないのか。

三ツ橋の目は、そう訴えかけていたが、言葉にすることはなかった。

「そうか」

額を掻いた三ツ橋は一度天井を見上げ、視線を戻す。

「もし島村晴樹が生きていたら、どうするつもりだ」

「神田歩美さんが亡くなったことを伝えます」

赤川が答える。

「……それだけ？」

「はい。まぁ、あとは、どうして一人の人間を死んだように見せかけなければならなかったのか、その理由を明らかにします」

「……なるほど。つまり、好奇心ってわけね」

三ツ橋は納得した様子だった。

「それで、わざわざここまで来た理由は？」

問われた薫は、質問することを躊躇《ためら》う。ただ、せっかくここまで来たのだからと腹を決めた。

「島村晴樹を死んだように見せかけるためには、三つの課題をクリアする必要があります。一つは、遺体を見たという村人たちが嘘を吐いていること。これは、結束が固ければ比較的容易かなと思います。もう一つは、死体検案書の偽造。こちらはかなり難易度が高いですが、奥井医院の先生が一枚嚙んでいて、なんらかの方法を使って偽造したという可能性はあります。最後に……」

一度言葉を区切る。その隙をついて、三ツ橋が喋り始めた。

「一人の人間を死んだように思わせるなら、管轄している秋川警察署が協力している必要があるな。昨日、二荘村の番田さんが、薫ちゃんたちが村長の孫の事故について調べているようだと話しに来たんだ。それで、番田さんが帰ってから、ちょっとこっちでも調べてみたんだよ。なにせ十年前のことだし、子供が亡くなったとはいえ事故死ってことだから、資料はほとんどなかった。まぁ、警察も捜索に加わったから、そのときに作成された文書は残っていたよ。それと、まだ交流のあるOBが、この事故のことを覚えていてな。話を聞いておいたよ」

鼻から勢いよく息を出した三ツ橋は、胸ポケットから小さな手帳を取り出し、指を舐めてからページを繰った。

「ちょうど十年前の八月。十九時に、警察に子供の行方が分からなくなったという通報が入った。通報者は、島村龍一。行方不明になったのは、息子の島村晴樹。年齢五歳。最後に姿を見たのは、同い年の奥井真で、話によると山で遊んでいてはぐれたらしい。奥井真は先に帰り、島村晴樹は姿を消した。

失踪から半日。五歳児が行方不明ということは、事件か事故の可能性が高い。ただ、通報してきたのが十九時で暗くなっていて捜索は困難な状況だった。普通なら捜索は朝まで待つが、島村晴樹は二荘村の村長の孫だ。署長はすぐに署員数人を二荘村に向かわせたようだ。だが結局、島村晴樹を発見できなかった。

翌日の早朝から捜索が再開され、約二時間後に、村の北側にある崖で島村晴樹の遺体を発見した。地面に激突した際にできた頭部の外傷以外、傷はなし。事件性がないということで、解剖はされなかった。これは遺族の要望でもあった。それで、死体検案書を書いたのは、知ってのとおり奥井医院の院長である奥井敏男だ」

そこで一拍置き、再び喋り始める。ただ、先ほどよりも声に力がこもっていた。

「捜索隊に加わった署員は二十人。全員かどうかは分からないが、遺体を確認している署員は複数人いるだろう。彼ら全員が、島村晴樹のことを知っていたかは分からない。ただ、たとえ村人が結託して別人の遺体を島村晴樹だと言い張ったとして、その嘘が明るみにならないと本気で考えているのか？　捜索隊も嘘を吐いていると？　どうして？」

疑問が投げかけられる。

沈黙に包まれた部屋の中で、薫は頭を絞る。

捜索隊に加わった署員二十人全員を騙《だま》すなど無理だ。少数の警察官を騙す、もしくはなんらかの方法で懐柔することはできるかもしれない。ただ、二十人となると不可能だ。集団催眠でもしなければ。

ふと、前に赤川が言っていた言葉を思い出す。

公卿のお抱えの呪禁師が二荘村の呪い師で、豪族から村を守っていた。

もしかしたら、その呪い師の子孫が二荘村にいて、警察を誑《たぶら》かしたのではないか。

薫は首を横に振る。

そんなこと、あってたまるか。

やはり、神田歩美は正気ではなかったのか。その考えが順当に思える。

ただ、判断は一度保留にしよう。

今日二荘村に行って、なにも分からなければ、この件からは手を引く。

肩を落とした薫が礼を言う前に、赤川が身を乗り出すように上体を前のめりにした。

「今のところ、僕たちは晴樹君が生きているという推論を曲げるつもりはありません」

きっぱりとした口調だった。

三ツ橋は片方の眉を上げた。

「……つまり、村人も医者も警察も、皆が嘘を吐いていると？　お前が言っているのは、そういうことだぞ」

「いえ、ほかに、島村晴樹を生存させる手段があるかもしれません。それを模索していこうと思っています」

再びの沈黙。

腕を組んだ三ツ橋は、口角を下げて鯰《なまず》のような顔になっているが、怒っているわけではないようだ。勝手に管轄の二荘村で聞き込みし、その上、村人と口裏合わせをしているのではないかと指摘されているのだ。

憤慨する材料は十分。本来なら、怒っていいはずだ。

「まぁ、昔のことだから俺には分からんが」三ツ橋は続ける。

「死んだ人間が実は生きている。それを証明できれば、なかなか面白いじゃん」

満面の笑み。その表情から、三ツ橋はただ単純にこの推論を楽しんでいるだけのようだった。

薫は安堵の吐息を漏らす。

「念のためお伺いします」

すでに非礼を働いた後なので、もう少し上塗りしても問題ないだろう。薫は都合よく自分を納得させる。

「秋川警察署は、二荘村に便宜を図るようなことはありますか」

「ない。絶対に。今もそうだし、十年前だってそうだったろうな」

自信たっぷりの返答。

「もう一つ。十五年前に、男が一人、二荘村で姿を消しているようなんですが、なにかご存知ですか」

「……十五年前？　ちょっと分からないなぁ。時間があったら調べておくよ」

そう言うと、時計を見てから立ち上がった。

もう話に付き合うつもりはないようだ。

薫と赤川は礼を言い、部屋を出る。

「まぁ、頑張って。ただ、今度こっちの管轄内でオカルト探検をするなら、事前に一報を入れてくれよ」

三ツ橋の目が細められる。僅かな憤《いきどお》りが見て取れる。

最後にチクリと刺された薫は謝罪し、秋川警察署を後にした。


十七時。

夏なので、本来なら明るいはずの空は、厚い雲に覆われていた。天気予報を見ていなかったが、今にも雨が降り出しそうだった。

二荘村までの道を走る。木々に覆われた道は、夜のように暗い。

「そういえば、あの後ちゃんと病院に行ったの？」

薫が訊ねる。

助手席で寛《くつろ》ぐ赤川は、スマートフォンでネットニュースを見つつ、ペットボトルの水に口をつけているところだった。

「……病院？　生活習慣病の薬はもらったばかりですけど」

「昨日、熱中症で倒れたこと、念のために病院で診てもらえって奥井先生に言われたじゃない」

薫の言葉を聞いた赤川は、合点がいったように頷く。

「大丈夫ですって。調子も良くなりましたし、ぴんぴんしていますから」

行っていないということか。意識を失うほどのことだったので診てもらったほうがいい気がしたが、本人が大丈夫というなら、無理して行かせるつもりもなかった。

薫は、勝木のことを聞こうと口を開くが、声は出なかった。躊躇。夫と離婚してから、恋愛らしい恋愛をしていない。夫による精神的なDVは、今も心に深い傷となって残っている。その呪縛から解き放たれるためには、新しい恋愛をするべきだと思っているが、積極的になることが億劫だった。

「一心祭の二日目。本当に人を食べていたらどうします？」

ペットボトルを手でつぶした赤川が楽しそうに聞いてくる。

「逮捕するだけよ」

食人をしているとは思っていないが、万が一そんな行為をしていたら、現行犯逮捕するだけだ。罪状は、生きていたら殺人罪で、死んでいたら死体損壊罪かなと考える。

「まぁ、そうですよね。でも、本当に人を食べている現場に出くわしたら、僕は逃げちゃいそうだなぁ……」

赤川は、気弱なことを言う。

ただ、その意見も一理あると薫は思った。人が人を食べる。そんな現場に遭遇したら、果たして逃げずにいられるだろうか。

二荘村の駐車場に到着する。今日は一台も車が停まっていなかった。

車を降りた瞬間、雨が降り始めた。空を見上げると、厚い雲は黒くなり、渦巻いているように見えた。

「……最悪」

顔をしかめた薫が呟く。

「このくらいの雨だったら大丈夫ですよ」

そう言った赤川は、二荘村のほうにずんずんと進んでいく。

薫はため息を吐いてから、汗で濡れるか、雨で濡れるかの差だと言い聞かせた。

昨日とは打って変わって、二荘村は静まり返っていた。ダムの底に沈んだ村。そんな印象を抱く。

「それで、勝算はあるの？」

「……勝算？　といいますと？」

「島村晴樹が生きていると突き止める方法。ここ二日調査して、まだ核心に迫っているという印象がないんだけど」

まったくの空振りというわけではないが、状況を打開する要素が見えてこない。

「もちろんありますよ」

意外な返答をした赤川は、鼻の下を指で擦る。

「島村晴樹の父親である、島村龍一に話を聞きます。もし島村晴樹が生きていたとしたら、絶対にそれを知る人物ですから」

「……それだけ？」

目を瞬かせながら訊ねる。

「はい。本丸を攻めるつもりで頑張ります。僕の武者働き、見ていてください」

自信を張らせる赤川を見て、力が抜ける。たしかに、まだ島村龍一には話を聞いていないので、なにか分かるかもしれない。

車から降りたときは小雨だったのに、雨脚が強くなってきていた。

山の天気は変わりやすいという言葉が当てはまる、急激な変化だった。

畦道《あぜみち》を歩く。

暑さによる汗と雨で、衣服が身体に貼りつく。不快だった。この状況で聞き込みをするなんて馬鹿げている。

帰るべきだと提案しようとしたとき、空が光った。

直後に頭上を満たす雷鳴。

空を裂き、地を揺らすような音に、薫の身体が萎縮する。山の上で聞く雷鳴は、身の危険を感じるものだった。

「……ヤバいっすね」

顔に恐怖の色を浮かべた赤川が言う。

再び空に閃光《せんこう》が走る。間髪《かんはつ》を容れずに、雷鳴。

近い。

そう思ったとき、視界を光の筋が切り裂いた。耳をつんざくような鋭い音に混じり、地響きが足元を揺らす。

近くに雷が落ちた。その事実に、足がすくむ。

「今日の天気予報、見てきました？」

赤川の問いに、薫は首を横に振った。

「……ともかく戻ろう」

そう言って引き返そうと身体を反転させたときだった。

視界がホワイトアウトする。

鼓膜が破れたかと思った。

目の前に雷が落ちたのだ。実際には距離があるだろう。ただ、人生で最大の危険を感じる。その恐怖に貫かれ、身体が動かなくなっていた。

焦げた臭いがしてくる。まるで、自分の身体が焼けているようだった。

「なにをしている！」

水中で聞いているような、ぼやけた声。その方向を見ると、白い雨合羽《あまがっぱ》を着た男が立っていた。

村長の、島村充邦だった。

「早く来い！」

その声に打たれたかのように身体を震わせた薫は、その指示に従う。

三人は、充邦の家へと向かった。

＊

今日買い物をしていたら、一歳半くらいの子供が自分の足で歩いているのを見たの。それで、あなたのことを思い出してしまった。

あなたは、なかなか立たない子だった。ハイハイは得意だったのに、立つのは遅かった。最初はそのことが心配だったけど、でも、これも個性だと割り切ってしまえば気が楽になった。

頻繁に風邪を引いていたのは昔のことで、今では、日に焼けて、とても健康そうで嬉しい。

あなたの成長を見られるだけで幸せ。あなたが幸せそうにしている。それだけで満足なの。でも、話をしたい。声をかけたい。

見るだけではなく、あなたをこの手で抱きしめたい。

それは、過ぎた願い。
見ることができるだけでも、喜ばしいこと。
でも。

許せない。絶対に許せない。
自分をないがしろにする人間が嫌いだ。
自分は重要な人物なのに、それを認めない人間が嫌いだ。
あいつは、自分を馬鹿にした。使い物にならない人間だという烙印《らくいん》を押した。
だから、復讐するのだ。
復讐をすることで、相手を自分のものにするのだ。

第二幕

1

家に駆け込んだ薫は、身体の震えを抑えることができなかった。悪寒《おかん》。吐き気。寒いわけではない。落雷を間近で見た恐怖に因《よ》るものだ。バスタオルで水分を拭っても、震えは止まらなかった。

部屋には村長の島村充邦のほかに、息子の龍一、そしてその妻である佳代子《かよこ》もいた。初めて見た佳代子は、色白の、大人しそうな女性だった。一重《ひとえ》の目は細く、顎のラインも尖っている。眉間に僅かな皺が刻まれており、不安そうな表情を浮かべていた。神田歩美と別れてから、再婚したのだろう。後妻ということか。

「お前たちがここにいる理由は後で聞く。ともかく風呂に入れ」

敵意に近い眼差しを向けてきた充邦は、そう言った後、佳代子に支度をするように告げた。

他人の家の風呂に入るのは気が引けるが、雷が過ぎ去るまではここに留まりたかった。

その間、ずぶ濡れの状態は耐え難い。

ここは好意に甘えようと思い、流れに身を任せることにした。

佳代子に着替えを渡され、薫は脱衣所に一人取り残された。洗面台の前には、大きな鏡が置かれてあった。自分を見返す顔が引き攣《ひ》っている。

肌に貼りついた服を引き剝がすようにして脱ぎ、浴室に入った。

檜《ひのき》風呂だった。壁も床も檜。かなり広く、一度に五人は入れるだろう。小さな温泉宿にある風呂だと言われても信じてしまう。

蛇口を捻ってお湯を出し、桶ですくって身体にかける。何度か同じ動作を繰り返すうちに、少しずつ震えが治まってきた。

石鹼《せっけん》で身体を洗ってから、湯船に浸かる。

熱い湯に、思わず息が漏れる。顎の辺りまで身体を沈め、足を伸ばした。手で顔を揉んだ。

まだ耳鳴りはしていたが、震えは完全に治まった。

外では、遠雷の音。恐怖を感じる音量ではなくなっている。

まさか、こんなことになるとは思ってもみなかった。雨が降り始めた時点で中止すればよかったのだと思いつつ、今さら後悔しても詮無《せんな》いことだ。

ともかく、早くここを立ち去るべきだ。そう考えるものの、身体の強張りを解す湯から上がることができなかった。

十分ほど浸かった後、ようやく浴槽から出る。

脱衣所の鏡に映る肌は、赤く火照っていた。

用意してもらった服は、半袖の白いブラウスに、茶色いテーパードパンツ。佳代子のものだろう。さすがに下着は借りるわけにもいかない。ドライヤーで少し乾かしてから自分のものを履いた。

引き戸を開けると、佳代子の姿があった。ずっと待っていたのだろうか。

「服のサイズは、大丈夫ですか」

「ええ。ちょうどいいです。お借りしてしまい、すみません」

「いえいえ」

安堵したように口元を綻ばせた佳代子は、客間へと薫を促した。

中に入ると、充邦と龍一が座っていた。横に並んでいると、親子だなと思う。顔の造りも似ているし、渋い表情もそっくりだ。

「ここに座ってくれ」

充邦の厳しい口調。薫は素直に従う。

「どうして今日もここにいるのか、理由を説明してもらおう」

佳代子が出してくれた麦茶を飲みながら、頭に疑問が浮かぶ。てっきり、風呂に入っている間に赤川が説明しているものだと思っていた。

そもそも、赤川の姿が見えない。

「赤川は、どうしたんですか？」

薫の問いに、目の前の二人の表情が曇る。

「道の様子を見に行くと言って、一人で出て行きました」

龍一が口を開く。

「……様子？」

話が見えてこなかった。様子とは、なんのことだろう。

咳払いをした充邦は、眉間の皺を深める。

「先ほど、連絡があってな。山を下りる道が土砂崩れで埋もれてしまったようなんだ」

「山を下りる道……」

一瞬なにを言っているのか分からなかった薫は、充邦の言葉を復唱してから、目を見開いた。

「そ、それって、帰れないってことですか」

「山を下りる道は一つだ。どのくらいの被害か分からないが、今すぐに帰るのは無理だろうな。赤川さんは、それを確かめに行ったよ。私は止めたんだがね」

充邦は言い、窓のほうを見た。薫もつられる。

完全な闇。室内の光によって、僅かに木々の存在を認めることができる。枝が大きくしなり、葉がさざめく。風が強くなっているようだった。相変わらず、雨は降り続いている。

「さて、では話してくれ。どうしてここにいるんだ」

首筋を叩きながら、充邦が鋭い目を向けてくる。

「それは……」

薫は言い淀む。素直に話すべきだと思うが、どう話せばいいのか、考えがまとまらなかった。

充邦は、小さな舌打ちをする。

「先ほど赤川さんは、一心祭の二日目を覗き見に来たのだと言っていたが、そんな理由で、私を騙せるとでも思っているのか？」強い語調で続ける。

「十年前の事故を調べに来たんだろう？」

充邦の言葉に、隣にいた龍一の肩が震える。表情も強張った。その変化を、薫は不審に思う。

「……そのとおりです」

観念した薫は頷く。

「どうして、十年前の事故にこだわる」

「それは」一度区切った薫は続ける。

「この前もお伝えしたとおり、神田歩美が遺した日記に、晴樹君が生きているような記述があったんです」

「晴樹は死んだ」

「でも、今も生きているような書き方だったんです。それで、もし晴樹君が生きているのなら、母親の死を伝えようということになったんです」

伝えようと言い出したのは赤川だったが、それは伏せておいた。目の前の二人にとってはどうでもいいことだ。

充邦は、真偽を見定めるかのように目を細めた。

「……晴樹が生きていると思った理由は、本当にそれだけなんだな？」

「え？」

「本当に理由はそれだけなのかと聞いているんだ」

声に力がこもる。

「は、はい」

薫は頷いた。事実、日記に書かれている内容を根拠に薫たちは動き始めた。ほかに理由はない。

——それ以外に、晴樹が生きていることを暗示させるようなものがあるのだろうか。

充邦の聞き方は、そう勘繰ってしまうようなものだった。それに、充邦が安堵に似た表情を浮かべているのも気になる。

「晴樹は死んだんだよ。それは間違いない。だが……」

充邦の言葉の途中で、インターホンが鳴った。

やがて、佳代子が赤川を連れてくる。

着衣のまま滝行でもしてきたかのような身なりだった。

「いやぁ、全然駄目ですね」バスタオルで顔と頭を拭いながら、赤川が大きな声を出す。

「車を走らせたんですが、途中で土砂崩れがあって道が完全に塞がっていました。あの土砂を取り除かなければ、どうにも。今夜は無理でしょうね」

「……なんか、嬉しそうじゃない？」

目を輝かせた赤川を見ながら、薫が訊ねる。

「そう見えます？　いやぁ、これは図らずも村に閉じ込められてしまいましたねぇ。密室ってやつですよ、これ。古典ミステリの醍醐《だいご》味《み》！」

そういえば赤川は、そういったシチュエーションを喜ぶタイプの人間だった。

はしゃぐ赤川の話に脱力した薫は頭を掻く。そのとき、ふと浮かんだ疑問を口にする。

「……というか、運転できるんじゃん」

「あ」口を丸く開いた赤川が、両手を合わせる。

「どうやら、この危機的状況下で、トラウマを克服したようです」

あっけらかんとした口調。

今度、高い寿司と焼肉をご馳走してもらおうと薫は心に誓う。

佳代子から新しいバスタオルを受け取った赤川は、Tシャツをまくり、身体を拭い始める。

「携帯で課長に電話しようとしたんですが、電波状況が悪いのか繋がらなくて。ここに来るときは繋がっていたんですけど、どうしちゃったんでしょうねぇ……」

薫も、自分のスマートフォンを確認する。圏外になっていた。

たしかに妙だ。昨日、山で迷ったときも、良好とは言えない状況だったが電波はあった。

この天候が影響しているのだろうか。

「もしかしたら、雷で基地局がやられたのかもしれん」手元の携帯電話を確認した充邦が呟く。

「もともとこの村一帯は電波が悪くてな。五年ほど前に、電波の基地局を作ってもらったんだ」

そう言いながら立ち上がり、客間の襖《ふすま》を開ける。そして、居間にある電話機の受話器を手に取り、ボタンを何度か押してから、首を傾げる。

「……妙だな。電話も繋がらない。電話線もやられたか……」

先ほどいた場所に座り直した充邦は、困惑の表情を浮かべていた。

道は土砂で塞がれ、携帯電話も使えず、電話も不通。

つまり、二荘村に閉じ込められたということだ。完全な孤立状態。

「まぁ、明日になれば状況が分かるだろう」

充邦はそう呟いていたが、釈然としない様子だった。

それは、薫も同じだった。

土砂崩れ。基地局と電話線の故障。こんなことが偶然起こり得るだろうか。起こらないとは言い切れないが、必然的にこの状況が作られたと考えるほうが自然のような気がした。

ただ、これがもし作為的なものだとして、二荘村をこの状況にした何者かの意図が分からない。

不意に疑問が浮かぶ。

「そういえば、土砂で道が塞がったという連絡は、どうやって受けたんですか」

先ほど、土砂崩れの一報を受けたと充邦が言っていた。

「番田からだ。携帯電話に……ええっと、二十分前だ。番田も、携帯から電話をしている」

携帯電話のディスプレイを確認しながら言う。

少なくとも、二十分前には電波があったということだ。その後、基地局の故障。落雷の影響だろうか。

「番田さんは、どうやって土砂崩れが起きたことを知ったんでしょうか」

　薫は赤川を見た。

「あ、土砂崩れは、車で五分ほど走った場所で起きていましたよ。二荘村からでは察知できないと思います」

　赤川の的確な言葉に、薫は満足する。

「この悪天候の中、土砂崩れが発生した場所にどうしていたんでしょうか」

　薫の口調は、自然と慎重になる。土砂崩れを最初に伝えてきた番田の行動に怪しさを感じていた。

「ああ、そういうことか」充邦は目を細める。

「番田はワサビや茸《きのこ》を栽培《さいばい》しているから、よく山に入るんだ。この大雨で、栽培場所が気になったんだろう」

　取り繕っている様子もない。

　当てが外れたか。

　薫は目を閉じ、こめかみを揉んだ。この一連の密室化が作為的なものだと決まったわけではない。偶然が重なった可能性だってあるのだ。

　外は大雨。無闇に動くのは危険だろう。やり過ごすしかなさそうだ。何事もなく、このまま朝を迎えられればと願う。

「さて、今日はもうここから帰れないだろう。泊まっていきなさい」

歓迎していないことを顔に出しつつ充邦が言い、佳代子に食事の準備をするよう伝える。

「いえ、お気遣いなく。本当に、すみません……」

時刻は十九時。

薫は空腹を覚えていたものの、充邦の申し出に、顔が火照るのを感じる。根拠が乏しい中で、十年前の事故を掘り返すために二荘村に来て、こうして厄介になっている。今置かれている状況がいたたまれなかった。

ただ、どうやら赤川は厚顔無恥らしい。

「いやぁ、助かります。食事は残り物で結構ですから。お腹がペコペコなので、量は欲しいですね。あ、お風呂に入ってもいいですか。このままじゃ風邪を引きそうで」

「……あぁ、そうだったな」

顔を引き攣らせ気味の充邦が言うと、龍一は立ち上がる。

「俺の服を貸します」

「いいんですか？　でも僕、かなり太っているので入るかなぁ……」

赤川は腹を擦りながら、困ったような八の字眉になる。

龍一は赤川の身体を見てから、大きめのものを貸しますと言い、赤川を伴って客間から出て行った。

「……すみません」

再度、薫は謝る。

充邦は険しい表情になった。

「まぁ、あんたたちが我々の傷をほじくり返そうとしていることについては、憤りを覚える」充邦は低い声で告げる。

「今すぐに出て行けと言いたいところだが、私はそれほど薄情ではない。ただ、お願いだから、これ以上、十年前のことを掘り返さないでくれ。私にとっては孫を失い、龍一は子を失ったんだ。そして、佳代子さんにとっては前妻の子のことだ。聞いていて、気持ちの良いものではないだろう」

心の底から悲しんでいるような顔。その表情が偽りのものだとは、どうしても思えなかった。

薫は、穴があったら入りたい気持ちになる。

今まで、神田歩美の日記に書かれた内容を不思議に思い、それを明らかにしたいとだけしか考えていなかった。ただ、探られる側にとっては、悲しい記憶なのだ。好奇心に駆られて聞き込みなどをしていた己の行動を恥じる。

「……分かりました」

頭を下げた。

正直なところ、今も、もしかしたら島村晴樹は生きているのではないかという疑念は僅かに残っている。しかし、今日でこの調査は止めるつもりだったし、赤川にも釘を刺しておこう。

そのとき、インターホンが鳴った。

「……なんだ」

不審そうな顔をした充邦が立ち上がり、玄関に向かった。

しばらくして、声が聞こえてくる。聞き覚えのあるもの。記憶を辿り、すぐに思い当たる。昨日聞いた、番田の嗄れ声だった。

耳をそばだてる。

「どうしたんだ。急に」

「なぜか携帯も電波がなくて使えないですし、電話も繋がらなかったので直接伺いました」

「落雷でやられたのかもしれんな。明日にならないと状況は分からないだろう。そのことを伝えに来たのか」

「いえ、実は大変なことがありまして、そのご報告に……」

「大変なこと？」

充邦が訊ねる。

一瞬の沈黙の後、番田の声が聞こえてきた。

「実はですね。さっき確認したんですが、奥井医院の蔵の扉が開いていたんです。しかも、中が空だったんですよ！」

蔵――。

昨日見た、奥井医院の裏手に建っていたものだろうか。

その蔵の扉が開いていて、中が空。いったい、なにが入っていたのだろうか。

そう考えていると、番田の言葉が続いた。

「晴樹が逃げ出したんです！」

「……え？」

薫は声を漏らす。

聞き間違いかと思った。しかし番田は、たしかに晴樹の名前を言った。

驚きを禁じ得なかった。

たしかに、晴樹が生きているかもしれないという仮説を基に調査を始めたが、やはり晴樹は死んでいるのだろうと断定しかけていたところだった。

晴樹は、生きている？

「……晴樹が逃げ出す？　まさか……」

充邦の口調は、明らかに困惑していた。

「そうなんです。早く探す必要があります。まずは一度、蔵を確認してください」

番田が急《せ》かすように言う。

「ちょ、ちょっと待ってくれ。事情を聞くから」

「……分かりました」

不服そうな声の後、廊下を歩く足音が続く。

客間に入ってくるのかと思っていたが、この場所を通り過ぎていった。

薫は混乱する。

先ほどまで、晴樹は死んだということで納得しかけていた。

それなのに、蔵にいた晴樹が逃げ出したという話を番田が語っていた。

——晴樹は生きており、しかも、蔵に閉じ込められていた？

身体が発火したように熱くなった。耳元で心臓の音が聞こえる。番田の言ったことが本当ならば、これは歴《れっき》とした犯罪だ。

この機を逃してはならない。そう思った薫は立ち上がり、居間へと続く襖を開けた。

「今の話、私にも聞かせてください」

声をかける。

振り返った番田は、驚愕《きょうがく》したように目を見開いた。

「……どうして」

口をわなわなと震わせる。そして、この場所にいること自体が不可解だと言いたげに、番田は隣にいる充邦を見つめた。

「……事情があってな。ここに一晩泊まることになった」

口を歪めた充邦から視線を外した番田は、薫を睨みつける。しばらくその状態のまま硬直し、やがてなにかを決意したかのように頷いた。

「……まぁ、もう聞かれてしまったのなら仕方ないですね。ただ、刑事さんは首を突っ込まないでください」

「でも、晴樹君が生きていて、しかも、蔵に閉じ込められていたと聞きました。それって犯罪ですよ」

「それは……」

充邦がなにかを言おうとしたようだが、番田を見てから口を噤む。なにかを隠しているなと感じる。

「事情を説明してください」

「部外者に、どうしてそんなことを教えなければならないんですか」

番田は突っぱねる。

しかし、引き下がるつもりはなかった。

「説明されなくても、この目で確かめます。蔵というのは、医院の奥に建っていたものですよね」

強い語調で訊ねる。

番田の眼光が鋭くなったが、やがて視線を逸らす。

「……まぁ、いいでしょう。村長も現場を見てください」

返事をせずに立っていた充邦は、僅かに顎を引いて同意を示す。

「あの、俺も……」

話を聞いていたらしく、龍一が姿を現した。青い顔をしている。

「いや、お前はここで待っていてくれ」

充邦は力なく言うと、玄関へと向かった。

＊

復讐するには、相応のタイミングというものがある。復讐はいつでも実行できるようなものではない。機が訪れるのを、ひたすら待ち続けなければならない。

ただ、タイミングを計るだけでは不十分だ。チャンスのときに、それに見合った勇気と実行する力が必要だ。

すべての条件が揃ったときを待ち、そのときがやってきたら、実行する。

自分は、自分を馬鹿にしたやつを、決して許さない。

2

薫は、半透明の雨合羽を借りて外に出た。

先ほどよりも雨脚は弱まっていたが、それでも大雨と言っていいほどの強さは保っていた。地面が冠水している場所もあり、歩きにくい。気を抜くと転びそうになる。

それぞれが懐中電灯で足元を照らしつつ、慎重に進む。

普段生活している立川駅周辺にいると、夜が暗闇だということを意識することはほとんどない。しかし、二荘村には視界を奪う闇が存在し、そこに吸い込まれそうだった。家々に灯る明かりはあるが、掻き消えてしまうのではないかと思ってしまうほどに儚《はかな》く、村全体が漆黒《しっこく》に支配されている。その力があまりに大きく感じられ、見慣れない暗さに気圧された。

視界が遮られているからだろうか。雨の音が大きく聞こえる。

黙々と歩く。

番田を先頭に、充邦、薫が続いた。

奥井医院の前で、番田の足が止まった。目的地は、医院が入る建物の奥にある蔵だ。

　昨日見たときは閉ざされていた扉が、今日は口を開けている。中に入るとき、地面に視線を向ける。大きな南京錠が壊されて転がっていた。通常の黄金色《こがねいろ》をした小型のものとは違って、より頑丈そうだった。

　Uの字になっているツルの部分が壊されている。

　これを破壊し、晴樹は外に出たということか。

　蔵に入ると、そこに奥井がいた。所在なげに佇《たたず》んでいる。暗いのではっきりと表情は分からなかったが、呆然としている様子だった。

　中は想像していたよりも広々としていた。薄暗い電球に照らされている空間を見渡す。木箱や、農具と思われる木製の道具が置かれてあるほかは、ガラクタばかりのようだ。奥のほうに進むと、布団と毛布があった。ほかにも、バケツや、小さなテーブル。人が住んでいることを窺わせるものがあった。

　――しかし、本当に、ここに晴樹が閉じ込められていたのだろうか。

　そう思ってしまうほど、蔵の中で生活している様が想像できなかった。

「ほら、中が空でしょう？」

　番田が不必要なほどの大声で言ったので、薫は身体を震わせる。

　充邦は奥井を見てから、番田に視線を移す。

「……たしかに、いないな。どこへ行ったのか……」

「なにそんな悠長なこと言っているんですか」苛立った様子で番田が指摘する。

「穢れた血が外に出たんです。どんな災いを起こすか分かりませんよ。まずは村方三役を招集して、どう対処するか考えないと」

穢れた血。昨日の祭りのときにも番田が言っていた言葉だ。

「あの、穢れた血って、どういうことなんですか」

薫が問うと、番田は顔をしかめつつ口を開いた。

「晴樹は、岸田一族の血を引いているんですよ」

岸田。どこかで聞いたような名前。

勝木から聞いたことを思い出す。五十年前、村長選挙に岸田辰信が出馬し、負けて村を出た後に一族が投身自殺したというものだった。

「……晴樹君が、どうして岸田の血を？　そもそも、一族は投身自殺したんじゃ……」

薫が発した疑問に、番田は目を丸くする。

「……よく調べていますね」親指で口元を拭う。

「仰るとおり、五十年前の町長選挙に出馬した岸田家は、敗れた後に村を出ています。そして、投身自殺しました」

「どうして、村を追われたんでしょうか。負けたからって、村を出て行くことはないじゃないですか。ましてや、自殺に追い込むなんて……」

納得できなかった。二荘村では、毎回無投票当選で島村家から村長が出ていた。そういう風習なのは分かる。ただ、一度出馬して敗れただけで村を追われるのが理解できなかった。

薫の言葉に、番田は目を瞬かせる。まるで、そんなことを聞かれるとは思っていなかったようだった。

「……村の決まりというものがあるんですよ。いわゆる、秩序というやつです。それを乱すのは良くないことでしょう」当然であるかのように言う。

「ですが、村を出て自殺したことまでは関知していませんよ。彼らは、勝手に死んだんです」

含みのある口調。

嘘だと思った。番田は薄笑いを浮かべている。暗がりに混じった笑みは、底知れぬものを感じさせた。村を出てなお村の掟《おきて》を破ったことで咎め立て、自殺へと追いやったのかもしれない。本気でそう勘繰ってしまうほど、番田の様子は不気味だった。

「一族が投身自殺したにもかかわらず、晴樹君は岸田の血を引いていた」

そこまで言った薫は、不意に理解する。

「……神田歩美が、岸田家の血縁だったということですか」

「そうです」番田は頷く。

「岸田家は全員が死んだわけではなく、生き残りがいました。その子供が、神田歩美です。因果なものですよね。まさか、よりにもよって村長一族に、岸田家の血が混じり込んでくるなんて」

番田は、充邦を見る。その目は、やんわりと咎めているようにも見えた。

その状況を、薫は奇妙に思う。番田の言葉に、充邦が一切反論しないのだ。岸田家の血が流れているとはいえ、晴樹は充邦の孫である。その孫の血を穢れたものと言い切られて、憤慨しないのだろうか。

当の本人は、やや険しい表情のまま押し黙っていた。

——なにか、弱みでも握られているのだろうか。

「まぁ、血の過《あやま》ちは、もう終わったことです。ともかく、結果として頭のおかしくなった神田歩美を村から追い出した。そして、岸田の血を継ぐ晴樹を幽閉した。これで、村の秩序も守られていたんです。それなのに、まんまと逃げ出された。この失態は、どう責任を取るつもりなんでしょうかねぇ」

番田の怒りの鉾先《ほこさき》は、奥井に向かっているようだった。

奥井は、叱られた子供のように青い顔をして立ちすくんでいる。

「ちょっと待ってください」薫は会話を手で制する。

「本当に、晴樹君はここに閉じ込められていたんですか。死んだというのは、嘘だったたんですか」

当たり前のように進む話に、頭が混乱する。動悸《どうき》がして、胸が苦しくなった。

深呼吸を一度して、気持ちを落ち着かせる。

どう考えても、子供を蔵に閉じ込めておくなど狂気の沙汰《さた》だ。

「知られてしまったのなら、仕方のないことです」

番田はため息を吐き、首の凝りを解すように頭を左右交互に倒す。そして、話し出した。

「閉じ込めたのは事実ですよ。途絶えたと思われた忌むべき血が入り込んでしまったので、村に災いが起きる前に閉じ込める。当然の措置です」

「……村に災い？　岸田家は、二荘村にとってそんなに忌み嫌われる存在だったんですか。たかだか、町長選挙に立候補しただけで？」

怒りが湧いてきた。こんな場所に子供を閉じ込めるなんて異常だ。それを番田は、平然と語っている。許せなかった。

番田は肩をすくめる。

「理由はそれだけじゃありません。まぁ、要するに、血というやつですよ。そうですよね？」

同意を求める声だったが、誰も反応しなかった。

「ほかの理由ってのは、なんなんですか」

口調がきつくなる。どんなことがあろうと、子供一人を閉じ込めておく理由にはならない。

「それを教える義務はありませんよ」

穏やかだが、決然とした口調だった。

薫は、番田を睨みつけるが、折れそうになかった。詰問したところで、答えないだろう。夜が明けたら、あらゆることをして罪を償わせてやると心に誓いつつ、口を開く。

「……どうやって、晴樹君を死んだように見せかけたんでしょうか」

問いを投げかける。咀嚼するように口の辺りを動かした番田は、喉仏《のどぼとけ》を一度上下させた。まるで、食べ物を飲み込んだような調子だった。

「そう難しいことではありません。晴樹が行方不明になったと偽り、遺体をこの目で確認したと口裏を合わせ、奥井先生が死体診断書を書いたんです」

「警察の目は、どう欺《あざむ》いたんでしょうか。捜索隊が晴樹君を捜したんですよね。しかも、二十人ほどいたと聞きました」

「全員が遺体を見たわけじゃありません。事前に、この件に協力していただける方が遺体を確認したということにして、村長が毛布でくるんで、痛ましそうな表情で人目に触れないようにする。その状態なら、わざわざ毛布を引き剝がすような人はいません。そもそも、捜索隊全員が遺体を確認する必要はありませんから」

番田は言い切った後、充邦に視線を向ける。なにかを確認するような目つきだったが、すぐに逸らされた。

薫は、頭の中を整理する。

筋は通るし、薫自身が推理した内容をなぞってもいる。

もし、番田が言うとおりのことができたら、晴樹を死んだことにできるかもしれない。

ただ、子供を監禁することに手を貸す警察官など存在するのだろうか。

疑問はまだある。

最初から晴樹を死んだものとするなら、村長が秋川警察署の署長に掛け合って捜索隊の派遣要請をするだろうか。たとえ警察に協力者がいたとしても、捜索隊二十人全員ではないはずだ。計画を知らない人もいただろう。非協力者の人数が多ければ多いほど、露見する確率も上がる。捜索隊を要請した村長の行動が不可解だった。

番田は空咳をする。

「島村家は昔から、秋川警察署と懇意にしていて、無理を聞いてくれる人材もいるんです。そうですよね？」

「あ、ああ……」

言葉を投げかけられた充邦は同意した後、顔を伏せ気味にして押し黙ってしまう。

妙な反応だと思う。

今回こうして秘密が明らかになったことに対して、二人でなにか策を講じているのか。

不意に、薫は身の危険を感じる。

この秘密を守るには、秘密を知った人間である薫を消せばいいのだ。

その考えに思い至り、身体が震える。今、身を守る武器は持っていない。丸腰だ。相手は三人。襲われたら、負けるのは目に見えている。

薫は背筋を伸ばし、弱気を覚られないように表情を引き締めた。

ともかく今は、自衛手段を講じるよりも先に、秘密を明らかにしなければ。

「……晴樹君は死んでいなかった。では、遺体は、誰のものだったんですか」

当然思い浮かぶ疑問を口にする。こめかみから汗が伝う。蔵の中は湿気っぽく、全身から汗が噴き出ていた。

「遺体？　そんなもの、ありませんよ」

「……つまり、存在しない遺体を、晴樹君だと言い張ったんですか」

番田は頷く。

「村長が遺体を毛布にくるんだんですが、中身も毛布だったんです。協力した村人や警察が晴樹だと言えば、その話は自然と広がる。遺体はあってもなくても問題ありません。ちなみに、この近くで斎場をやっている二荘村の人間がいるので、遺体を荼毘《だび》に付したと言うのは簡単なことです」

薫は渋い顔をする。

筋は通っている。しかし、釈然としない。

そもそも、どうしてこんなに回りくどいことをしたのだろうか。

晴樹が行方不明になったと言って、幽閉すれば簡単なことだ。わざわざ遺体を発見したというパフォーマンスをする理由があるのだろうか。

その疑問をぶつけると、番田は両眉を上下させた。

「行方不明だったら、捜索が続く可能性があります。時間が長引けば長引くほど、息のかかっていない警察官が真相に気づいてしまう可能性が高くなる。その点、死んだということにすれば、それ以上深入りしてくる人間はいない。たしかに過程は面倒ですが、結果として、短期に決着をつけることを選んだんですよ」

「どうして、監禁したんでしょうか。そんなに忌むべき存在だったのなら、ほかにも手があるじゃないですか」

そう言った薫は、自分の発言に身震いする。なんて恐ろしいことを口走ってしまったのだろうかと後悔する。

番田は笑う。

「子供を殺せと？　監禁は、苦肉の策だったんですよ。まぁ、殺してもいいとは本気で思っていましたがね」

気楽な調子で言ってのける。

眩暈がした。

――人を喰らうという噂のある村。

村を守るために、人を人と思わない。あながち、二荘村に食人の風習があったというのは噂だけとも限らないのかなと思う。

孫である子供をこんな場所に閉じ込める充邦。

虚偽の診断書を書き、監禁場所を提供した奥井。

監禁を正当化している番田。

ここにいる三人は、価値観が狂っていると薫は思った。

「もういいでしょうか。悠長に立ち話をしている暇はないんですよ」番田はため息交じりに言う。

「今は、一刻も早く逃げ出した晴樹を見つけなければならないんです。なにをしでかすか分かりませんし。我々は、復讐される可能性だってあるんですよ」

充邦と奥井は青くなった顔を見合わせていた。目だけで、なにかを確認しているように思えるのは気のせいだろうか。

復讐される可能性。

たしかに、それは大いにあり得ると思えた。十年間もこんなところに閉じ込められていたのだ。どんなに苦しかったか、想像を絶する。復讐心を抱いている可能性は十分にある。

「まずは、三役に連絡を……いや、携帯電話は使えなかったんでした。直接行きましょう」

言い直した番田は、素早い足取りで蔵を出る。

薫を含む三人も、後を追った。

まずは、ここから一番近い場所に住む三役の家に行くという話になった。百姓代の伊藤正《ただし》。村の会計役。

奥井が雨合羽を取ってきたところで、蔵を離れる。

降り続く雨。

漆黒と表現するに相応しい夜道だった。懐中電灯で足元を照らしつつ、ぬかるみに足を取られないように注意しつつ歩く。

縦長になった一行の、薫は一番後ろを歩いた。三人の背中を見ながら、口の中に溜まった唾を飲み込んだ。

襲ってくる素振りはない。ただ、油断してはならないと思った。人を監禁するのは犯罪だ。主犯だけではなく、加担した人も罪に問われる。村長を始め、村で多くの逮捕者が出るだろう。彼らが観念して、素直に刑に服するとは到底思えない。刑罰から逃れるもっとも手っ取り早い方法は、薫を消すことだ。子供を十年間も監禁する奴らだ。凶行に及ぶことは十分にあり得る。

こんなときに赤川がいてくれればと思う。あんな男でも、頭数は多いほうがいい。今ごろは風呂に浸かって呑気《のんき》に鼻歌でも歌っているのだろう。

苛立ちが募った。

赤川を頭から締め出した薫は、前方の三人に意識を向けつつも、周囲を警戒する。

どこかに晴樹が潜み、急襲してくるのではないかという考えが拭えなかった。

おそらく、晴樹は前を歩く三人に恨みを抱いている。

十年もの間、あんな狭い場所に閉じ込められていた人間は、いったいどんな容姿になっているのだろう。全身垢《あか》だらけで、伸びた髪が顔を覆うほどになっていて、その隙間から、暗い目が覗いている。涙は涸《か》れ、乾ききった瞳を持つ痩せこけた少年は、枝のように細い手足を丸めて、復讐を夢見る。

悪寒がした薫は、考えるのを止めた。

不意に、雨の音に交じって、軽快な音が夜空に響く。

《お知らせします。現在、落雷の影響により、携帯電話の電波状況が悪く、また、電話も繋がらない状態です》

ややノイズが交じっていたが、龍一の声だと分かった。防災行政無線を使った村内放送だろう。

《また、この雨によって町へ下りる道路が土砂崩れで寸断されています。明日になれば状況も改善すると思いますので、本日は無理に外出しないでください。繰り返します――》

同じ文言が二度繰り返され、放送が終わった。

腕時計を確認すると、九時半になっていた。

まだまだ夜明けまで時間があるなと思っていると、先頭を歩く番田が立ち止まった。

目の前に、二階建ての家が建っていた。四角い家。どちらかというと、街で見かけるようなモダンな造りをしている。家の中に光を取り込むことを重視したのか、窓が多い。部屋の電気は消えていた。

目的地である伊藤の家に到着した。

インターホンを押すが、返答はない。再度押すものの、結果は同じだった。

「……どうしたんでしょうね」

奥井は、心細そうな声を出す。

「たしか奥さんは、県外に就職した一人娘の家に泊まりに行くと言っていたぞ」充邦が言う。

「もしかしたら寝ているのかもしれないな」

「こんな時間にですか？」番田は訝しむような声を発する。

「伊藤さんは宵っ張りですよ。この時間でしたら、奥さんがいないことをいいことに、存分に酒を飲んでいると思いますがね」

そう言いつつ、玄関扉を叩いてから、取っ手に手を置く。

音もなく開いた。

「伊藤さん！　いらっしゃいますか！」

番田が声を張る。応答はない。

「靴はあるようですね」

奥井は呟く。女性ものの靴が三足。そのほかに、サンダルが二足と、茶色いスニーカーがあった。

「……もしかしたら、中で倒れているかもしれません」

奥井の言葉に、充邦は頷き、三人は家の中に入っていった。

薫は一瞬躊躇したが、家の中に足を踏み入れた。

その途端、覚えのある臭いに身体が硬直する。

「ちょっと待ってください！　私が最初に行きます。なるべく、私の後ろについてきてください」

鋭い声に、三人の動きが止まった。

明らかに、血の臭いだった。

「伊藤さんは、狩猟をなさいますか？」

念のため質問する。もしかしたら、仕留めた獣の血抜きをしているのかもしれない。

「いや、そんなことをする奴じゃない」

異様な空気を察したのか、充邦は慎重な声で答えた。顔が強張っている。それは、ほかの二人も同じだった。

これほどの臭いは、刑事生活の中でもあまり例がない。過去に二度ほど、大量に血を流した刺殺体を確認するときに嗅いだことがあった。

気のせいだったらいいと願いつつも、現場を荒らされたくないという職業意識が先行する。

玄関の電気を点《つ》けた。

靴を脱ぎ、ゆっくりと進む。第三者が潜んでいるかもしれないと警戒しながら、伊藤の名前を呼ぶ。

やはり、応答はない。

リビングに至る。一気に、臭いがきつくなった。

電気を点けると、男が仰向けに倒れていた。血の池の中に横たわる遺体は、眼球が零れ落ちそうなほどに目を見開き、天井を見つめていた。黒目はまだ澄んでいる。腐敗臭もない。それほど時間は経過していないようだ。

「……死んでいますね」

奥井は呟く。

いつ見ても、死体というものは慣れない。人間は動いているものだという感覚があるので、呼吸が停止した人間を見ると、人間はこうあるべきではないという違和感を覚え、頭が混乱する。

「……この方が、伊藤さんですか」

浅い呼吸をしながら訊ねる。

「そうですね。間違いありません」

背後から首を伸ばした番田が答えた。顔が強張っており、声も硬くなっていた。

神経を研ぎ澄ませる。この場所に潜む、第三者の気配はない。

ひとまず安堵の吐息を漏らした薫は、その場で遺体を確認する。

年齢は五十代か、六十代。襟首《えりくび》がよれたTシャツとハーフパンツ姿だった。おそらく部屋着だろう。恐怖に凍りついた顔。死ぬ間際、自分が殺されることが分かっていたのだろう。

鳩尾《みぞおち》の辺りがどす黒くなっていた。傷口はその一カ所のみだ。

もがいたような形跡はなかった。ナイフかなにかで刺されて、結果、出血性ショック死したのかもしれない。

凶器は、犯人が持ち帰ったのだろうか。

周囲を見渡していると、遺体が頭を向けている方向の壁に穴が開いているのを発見した。血だまりを踏まないように避けながら、穴の前に立つ。

これは、なんだろうか。

顔を近づけると、微かに火薬のような臭いがした。

眉間に皺を寄せた薫は、ある考えが脳裏を過り、まさかと思って打ち消す。

しかし、その判断が間違っていることを証左する発言が耳に届いた。

「これって、薬莢《やっきょう》じゃないか？」

その声に振り返る。充邦が指差す先に、鈍い黄金色をした薬莢が転がっていた。形状を確認する。薬莢は短い。これは拳銃《けんじゅう》のものだろう。銃器には詳しくないので、どういったタイプのものかは不明だった。

犯人が拳銃を所持しているという事実に、血の気が失せる。

「猟銃のじゃないですね」

番田は呟く。猟銃の薬莢は長いし、拳銃とは明らかに違う。

日本の警官が所持する拳銃は、一部を除いて大部分がリボルバーといわれる回転式拳銃だ。リボルバーは、薬莢が中に留まる。薬莢が排出されるということは、リボルバーではなく、オートマチックという自動拳銃で間違いないだろう。

リボルバーが六発装弾できるのに対して、オートマチックは十発を超える。拳銃を持っているというだけでも脅威なのに、それに拍車をかける事態に、呼吸が苦しくなった。まるで、胸を足で踏まれているようだ。

凶器がオートマチックの拳銃。犯人像が見えてこなかった。こんな小さな村に拳銃があること自体、不可解だ。

「……どうして、こんな」

今にもその場に頽《くずお》れそうな様子の充邦が、震える声を発する。目には涙が浮かんでいた。

「決まっているじゃないですか」番田は淡々と言う。

「晴樹が復讐しているんです」

その言葉に、充邦と奥井が身体を震わせた。

番田は続ける。

「あの蔵に閉じ込めることに加担した人間を、全員殺そうとしているんですよ」

その口調は、憤りを含んだものだった。顔も怒りに歪んでいた。伊藤を殺されたことに憤慨しているのだろうか。

「しかし……」

奥井の言葉を番田が遮る。

「現実から目を逸らしたら駄目ですよ。あの蔵に閉じ込められていた晴樹は逃げ出して、復讐のために今もこの村に身を隠しているんです。そうでしょう？」

強い口調に、口を噤んだ奥井は頷く。

「でも、どうして拳銃を持っているんですか」

薫の問いに、誰も答えを持ち合わせていないようだった。

唇を舐めた薫は、酸欠気味になった頭を振った。

「ともかく、この場から離れましょう。現場が荒れると、犯人に繫がる手がかりを損壊してしまうかもしれませんから」

そう言って、最初にリビングを出た薫は、こめかみを指で揉む。

多くの謎が、頭の中で暴れ回っていた。

その中でも最たるもの。

――十年間、どうやって晴樹があの蔵で生きながらえていたのか。

関係者を尋問して吐かせるつもりだったが、今は、目の前にある危機のことを考えなければならない。

人が一人殺されたのだ。しかも、犯人は拳銃を持っている。番田の言うとおり、犯人が晴樹で、目的が復讐だとしたら、早急に対処しなければならない。

そのために、晴樹について知ることが先決に思えた。

伊藤の家を出る。

雨が、再び強くなっていた。

周囲を警戒する。墨を流し込んだような暗闇の向こう側から、晴樹の暗い瞳がこちらに向けられているような気がした。

犯人は拳銃を持っている。次の瞬間には銃弾が飛んできて絶命するかもしれない。

——自分は復讐の対象ではない。

恐怖心を振り払おうと心の中で念じたが、思ったほどの効果は得られなかった。

この三人と行動を共にしている時点で、安全なはずがない。晴樹に邪魔だと思われれば、排除されるだろう。

自分の立場の危うさに身震いしたが、なにもしないのは命を縮めているようなものだ。今夜は犯人にとって都合のいい条件が揃っている。先ほど龍一が流した村内放送で、この村が孤立状態であることに晴樹は気づいただろう。

薫は、全員が揃うと、緊張で強張った顔を見ながら口を開く。

「一度、村長の家に戻りましょう」

その提案に、奥井が即座に反論した。

「……籠城《ろうじょう》でもするんですか。私は反対です。家族のことが心配なので、家に戻ります」

「ですが、家族三人だけで、犯人に対抗できますか。たとえ鍵を閉めていたとしても、拳銃を持った人の侵入を阻止することは難しいですよ」

薫の言葉に、奥井は押し黙る。ただ、家族が心配なのは理解できた。家族を伴って村長の家に行くことも考えたが、大人数だからといって安心はできない。オートマチックの弾数は十発以上あるのが普通だ。それだけあれば、少し撃ち損ねたとしても全員を仕留めることができる。それに、予備の銃弾を持っている可能性だってある。

籠城して、朝を待つ。それも一つの手だが、刑事として許される方法ではない。自分の命が助かっても、村民が惨殺《ざんさつ》されでもしたら、自分を許すことができないだろう。

犯人を炙《あぶ》り出《だ》す。

そのためには、攻撃の手段を講じなければならないし、犯人の出方を予測する必要がある。まず、狙われている可能性の高い人間を洗い出すのが先決だ。

「ひとまず、村長の家で状況を整理して……」

「いや、私は戻る！」

そう言って、奥井は集団から離れていく。

充邦が止めようとしたが、奥井は聞く耳を持たず、やがて闇へと溶け込んでしまった。

薫は闇を見つめながら、奥井の心中を察する。

もし、犯人が晴樹だった場合。動機はおそらく、蔵に十年間も閉じ込められていたことに対する復讐だろう。つまり、監禁を主導した者が復讐対象だ。

奥井が復讐のターゲットとなる可能性は非常に高い。そして、監禁について奥井の妻や息子が知らないはずがないのだ。早急に対処しなければ、二人が殺されてしまうかもしれない。

「ともかく、村長の家で作戦会議をしましょう」

「……分かった」

充邦は頷き、先頭を歩き始める。

夜道を歩きながら、薫は周囲を見渡して警戒する。いつ、銃弾が飛んでくるか分からない。暗闇が視覚を削ぎ、雨の音が聴覚を鈍らせている。自分が、箱の中に閉じ込められた無力な小動物のように思えてくる。生殺与奪の権利を他者に委ねているような心境。生きた心地がしなかった。

無事に辿り着いたときには、全身が強張っていた。

玄関の明かりに軽い眩暈がして、よろける。

転ばないように踏ん張り、土間で雨合羽を脱いだ。

居間に入ると、赤川が寝転がってテレビを見ていた。

「あ、お帰りなさい」呑気な声を出す。

「この雨、朝まで止みそうにないですね。爆弾低気圧っていうやつみたいですねぇ」

「……どうしたんですか」

赤川よりも先に、龍一が異変に気づいて声を発する。

「……伊藤さんが殺されていた」

佳代子からタオルを受け取った充邦が呟く。

「……え？」

言葉が上手く頭に入ってこなかったらしい。口をポカンと開けていた。

「伊藤さんが殺されていたんだ」充邦は繰り返す。

「拳銃で撃たれていた」

「……拳銃？　どうして、そんな……」

龍一は言葉が続かないようだった。

「え？　殺されたって？　え？」

話に入れない赤川が困惑する。

「……後で説明するから、今は黙っていて」

薫はそう言って、質問を封じる。

「犯人は、誰なんですか」

佳代子が、か細い声で訊ねると、番田が鼻を鳴らした。

「決まっているじゃないですか。蔵から逃げ出した晴樹が犯人ですよ」

その言葉に、龍一の肩が震えた。顔は、憤りと悲しみに歪んでいるように見えた。

薫は、大きく息を吸った。時間は惜しかったが、聞いておかなければならないことがいくつかあった。

「まず、晴樹君を蔵に幽閉していることを知る人物を教えてください」一呼吸入れて、続ける。

「もし晴樹君が犯人だったとしたら、蔵に閉じ込めた人たちが狙われる可能性が高いです。犯人が目的とする人物を上手く保護できれば、被害を出さないこともできます。ともかく今は、無事にこの夜を乗り切ることが先決です」

明るくなれば、土砂の撤去作業が開始されるかもしれない。二荘村に連絡が取れない親族が警察に相談してくれるかもしれない。電波や電話回線が回復するかもしれない。事態が好転する可能性は十分にある。

反面、朝が訪れることは、必ずしも利点ばかりではない。

狙撃者からすれば、視界が良好になることで、狙いがつけやすくなる。時間の経過により獲物が疲弊し、明るくなったところを急襲しようと考えているかもしれない。相手は拳銃を持っている。それは、とてつもない脅威だ。

「晴樹君を閉じ込めた人たちの名前を教えてください」

再度問いかけるが、誰も答えようとしない。

今さら隠し立てをしても意味がないではないか。焦《じ》れていると、ようやく番田が口を開いた。

「村長と村方三役。その家族。あとはわしだ」

「それ以外には？」

「それだけだ」

おおよそ想像どおりの回答だったが、納得ができなかった。

薫は龍一を見る。

「実の息子さんを閉じ込めることに同意したんですか。岸田の血が入っているっていう理由だけで？」

どうしても信じられなかった。そんな理由で子供を閉じ込める親など、いるのだろうか。

いや、この世は性善説で成り立ってはいないと思い直す。警察官に任官してから、親が幼子を虐待死《ぎゃくたいし》させた事件に何度か臨場したことがあるし、ニュースを見ても、酷い仕打ちをする親の報道が目に付く。

「村を危機に陥れようとした岸田の血が入っている。それだけで十分な理由ですよ」

さも当然のように番田が言った。

どう考えても異常。ただ、今は議論をしている余裕はない。

「そもそも、晴樹君を閉じ込めている間、誰が晴樹君の面倒を見ていたんですか。食事などの世話をする必要がありますよね」

「奥井先生がやっていましたよ」

半ば予想していた答えを、番田が返した。

「食事や、身の回りの世話は奥井先生の役目でした。自ら志願したと聞いています……村長、そうですよね？」

言葉を投げかけられた充邦は、苦々しい顔をしながら頷く。

薫は、下唇を嚙む。

十年間、蔵に閉じ込めた晴樹の世話をする。それは、生半可なことではない。奥井は、家族の安否を心配している様子だった。おそらく家族ぐるみで世話をしていたのだろう。

どうして、そこまでするのか。

それほどまでに、村長選挙に立候補したことが罪なのか。

いや、そんなはずはない。なにか、ほかに理由があるはずだ。その理由を明らかにしたいという欲求があったが、それは、拳銃を持った犯人を捕まえて、身の安全が確保されてからだ。

「晴樹君が犯人だとして」一度区切る。「命が狙われている確率が高いのは、監禁を主導した村長と三役の方、そして目付である番田さんです」

三役の一人である伊藤はすでに殺されている。三役で残っているのは、十村である奥井と、組頭である五十嵐だ。

「まずは、五十嵐さんに状況を説明してここに来てもらい、全員で安全の確保をしたいと思います」

　頭に様々な考えが去来する。

　狙われている人を一カ所に集めるのが得策か、それとも、それぞれの家で身を隠しているほうがいいのか。今のところ判断がつかなかった。

　ただ、状況を知らせる必要はある。

「わしは一旦家に帰って、また戻ってくる」

　番田が、手で腰の辺りを叩きながら立ち上がり、玄関へと向かっていく。

「家に？　一人で大丈夫ですか」

　薫が声をかけると、番田は顔だけをこちらに向けてきた。

「なに、この村なら目を瞑っていても歩けますから。懐中電灯を点けなければ狙われにくくなる。それに、晴樹が拳銃を持っているとなれば、こちらだって武装しなければならない」

「……武装？」

「わしは猟友会に入っていますから。ここで、ただじっとしているつもりはない。こちらから奴を見つけて反撃してやるつもりですよ。わしには家族もいないから、悲しむ人間もいない。目付の役割をまっとうします」

氷のように冷たい声を出した番田は、ゆっくりとした歩調で部屋を出て行く。

その手があったかと薫は思う。こういった山奥の村なら、猟友会の会員がいるはずだ。狩猟の許可を得た人間なら、猟銃を持っている。防衛手段としては強力な武器だ。

玄関の戸が閉まる音を聞いた薫は、充邦を見た。

「この村に、猟友会の会員はどのくらいいるんですか」

期待を込めて訊ねるが、充邦は表情を曇らせる。

「番田さんだけだ。前は数人いたんだが、高齢化で山に入れなくなってな。もちろん、猟銃も処分している」

その回答に落胆するが、猟銃が一丁あるだけでも心強い。やはり、全員を一カ所に集めるのがいいだろう。皆を、猟銃の庇護下《ひごか》に置く。

薫は思考を巡らせつつ、口を開く。

「少し赤川と打ち合わせをするので、客間をお借りしてよろしいですか」

その提案に、充邦は怪訝《けげん》な表情になるが、不承不承といった様子で頷く。

赤川を連れて、居間から客間に移ろうとしたとき、背後から声が聞こえる。

「あの……」

蠟《ろう》のように白い顔になっている龍一が、すがるような視線を向けてきていた。

次の言葉を待つが、一向に続きを喋ろうとしない。

「なんでしょうか」

薫は訊ねるが、それでも口を開かない。

龍一は充邦を見た後、力なく首を横に振った。

「……いえ、なんでもありません」

意味深長な口調。絶対になにかあるとは思ったが、今は優先事項を先に片付ける必要があるので追及はしなかった。

赤川と共に客間に入り、襖をぴったりと閉める。

目を閉じ、聞き耳を立てられていないか耳を澄ます。大丈夫そうだった。

今の状況から置いてけぼりにされている赤川に、今まであったことを掻い摘んで説明した。

奥井の家に隣接する蔵の南京錠が壊され、晴樹が逃げ出したこと。百姓代である伊藤が、拳銃で殺されていたこと。奥井が家族のことを案じて家に戻ったこと。それらを話し終えると、赤川は低い声で唸る。

「……うーん、その蔵を見ていないから判断できませんが、本当に、一人の人間を十年間も監禁しておくことなんて、できるんでしょうか」

当然の疑問だと思う。

薫も同感だった。

あんな蔵に一人の人間を閉じ込めておく。しかも、誰にも覚られずに。そんなこと、できるのだろうか。

ただ、過去には、精神疾患を抱える息子を約一畳の檻《おり》に二十年以上も監禁していたという事件もある。不可能ではない。

そこまで考えた薫は、違和感を覚える。

神田歩美の日記には、元気な晴樹の様子が書かれてあった。日に焼けた肌の記述もあったはずだ。

つまり、外を自由に歩き回っていたということか。いや、先ほどの番田の口振りからは、監禁しているような印象を受けた。

なにが本当なのか分からない。頭が混乱する。

「……ともかく、逃げ出した晴樹君が、監禁を主導した人への復讐を考えている可能性がある。もちろん、晴樹君が犯人ではないかもしれないけど、何者かが拳銃で一人の人間を殺しているということ。私たちは、これ以上犠牲者を出さないために、対処するべきだと思う」

「たしかにそうですね。晴樹君の目的が復讐だったら、早く止めないと犠牲者が増えます。拳銃って、オートマチックでしたっけ？」

薫は頷く。

「一般人が簡単に入手することはできないですよねぇ。しかも、監禁されていた人間が、すぐに拳銃を手に入れられるとは考えにくい」

「晴樹君が犯人じゃないか、もしくは、手を貸している人間がいるのか」

「複数犯……その線もあり得ますね」

赤川が同意する。

村人の顔を思い浮かべ、晴樹に手を貸す人間がいるか考えを巡らせるが、まったく分からなかった。

今ある材料だけで考えても、答えは出ない。

頭ばかりを使わずに、今できることをするべきだ。

犯人を捕まえることは、現時点では難しいだろう。これ以上の被害者を出さずに朝を迎える。これが最低限の条件だ。

「まずは、狙われているであろう皆をここに集めて、番田さんが持っている猟銃で武装して朝を待つ。どう？」

薫の問いかけに、赤川は渋い顔をしたまま頷く。

「それが最善の策でしょうね」そこで唇を歪める。

「……五十嵐さんと、奥井さんをここに連れてくるのは賛成ですけど、問題は、どうやってここに集めるかです。今も、拳銃を持った犯人が外をうろついているんですよね。誰が呼びに行くんですか。電話は使えませんし……開き直って村内放送をしてもいいですけど、危険すぎる気もします。なんていったって、相手は拳銃を持っているんですから」

そのとおりだ。ただ、活路はある。

「私と赤川の二人だけで行動すればいいでしょ」

赤川は不思議そうな顔で首を傾げる。合点がいかないようだった。

「私たちは、この村とは無関係だから、復讐対象ではない。二人だけで行動すれば、危険度は下がる」

薫の言葉に、赤川は難色を示す。

「……犯人が晴樹君で、監禁した人間に復讐をしようとしているという推測が正しければ、ですけどね。しかも、たとえその考えが正しくても、犯人が僕らを見逃してくれるとは限らないです」

赤川の指摘はもっともだったが、いろいろな可能性を考えていたら、身動きが取れなくなる。

正直なところ、外に出るのは怖い。いつ撃たれるか分からないのだ。拳銃で撃たれたことはないが、場合によっては即死というのもあり得る。次の瞬間に意識が分断される。死んだことに気づく暇もなく。一瞬で存在が掻き消える。

考えるだけで足がすくむ。ただ、自分の立場がそれを許さない。

「……まぁ、警察官としては、このままじっとしていたら駄目ですよね。行動せざるを得ないでしょうね」

赤川も同じ気持ちらしい。真剣な表情からは、決意が見て取れた。

「付き合わせて悪いわね」

形ばかりの謝罪をする。薫は、一人で行くことも考えたが、二人だったら、一人が撃たれても、その間に犯人を確保できるかもしれない。捕まえられれば、それ以上の被害は出ない。身を盾にして民間人を守る。子供を十年間も監禁した外道たちを守る必要はないという気持ちもあった。しかし、罪は、法律で裁かなければならない。そのために刑事は、外道を生きたまま逮捕して、裁判所に送り込むのだ。

赤川は笑う。

「一人だけ生き残ったら、課長になにを言われるか。まぁ、警察官という因果な商売に身を沈めてしまったことを後悔しつつ、職務として割り切ります。それに、二階級特進ってのも案外悪くないかもしれません。羽木さんの上司になって、あの世からこき使ってやりますよ」

冗談っぽい口調だったが、まんざらでもない様子だった。

薫は、僅かに笑みを浮かべる。

赤川の、そういうところは好きだった。いつもは、どちらかというと仕事に不真面目な印象だったが、ここぞという踏ん張りどきには、能力を最大限活かそうとする。

そこに、好感を覚えた。もちろん、恋愛に発展することのない好感だが。

「じゃあ、行こうか」

薫は立ち上がる。片眉を上げた赤川も、それに従った。

居間に戻ると、充邦と龍一が膝詰《ひざづ》めで話し込んでいた。かなり集中していたらしい。薫の顔を見るなり、二人は驚きの表情を浮かべた。

薫は、先ほど赤川と話した方針を二人に伝える。ここで籠城するために、生き残っている三役を連れてくる。

「……それだと、あなた方の身に危険が及ぶ可能性が」

「われわれは警察官ですから。危険と隣り合わせなのは慣れています」

薫は言いつつ、内心ではこれほど切羽詰まった状況は初めてだと思った。

弱気を振り払うため、意識して声を張る。

「もし晴樹君が犯人だった場合、彼にとって我々は無害ではないかもしれませんが、少なくとも、我々は復讐の対象ではありません」

その言葉に、充邦は苦悶《くもん》の表情を浮かべた。口角を下げている。まるで、泣き出すのを我慢する子供のようだった。

薫はそれを、晴樹を幽閉した自分の判断を悔いているのだと解釈した。

「まずは、五十嵐さんの家の場所を教えてください。村内の地図はありますか」

赤川の申し出に、充邦は一度部屋を出て行き、折り畳まれた紙を持って戻ってきた。

テーブルに広げる。かなりの大きさだ。しっかりと製図されたものではなかったが、家の位置は十分に把握できるものだった。

「五十嵐さんの家は、ここです」

躊躇いがちに指で示した。

村の東側。神社の裏手にある小川の側だ。家を表記したと思われる四角い枠には〝五十嵐〟という字が書かれてあった。奥井の家は西側。移動距離がある。両家の人間を一度に連れてくることは難しいだろう。

近い場所に家のある五十嵐を最初に避難させ、その後、奥井の家に向かう。少なくとも奥井はこの状況を知っているため、不用意に外に出るようなことはしていないだろう。

「まずは五十嵐さんの家に行って、ここに連れてきます。五十嵐さんの家族構成を教えてください」

「……家族はいません。独り身です」龍一が口を開く。

「奥さんには先立たれています。子供はいません」

それを聞いた薫は安堵する。家族が多ければ、移動する際に目立つし、襲われたとき、逃げることにも苦労する。一人なら、なんとかなる。

それにしても、二荘村の仕組みが崩壊するのは時間の問題だなと感じる。百姓代の伊藤は殺され、子供は村外に住んで就職している。五十嵐に子はない。晴樹は生きているが、村長の職を引き継がせるつもりはないのだろう。番田も独り身だと言っていた。

村自体も高齢化が進んでいる。このまま徐々に人が減っていき、廃村になるのも遠くないように思えた。

「では、我々は出かけます。雨合羽と懐中電灯、二人分お借りしますので」

薫は言い、赤川と顔を見合わせてから居間を出ていこうとすると、呼び止める声を背中に受けた。

声が続く。

「ちょっと、お伝えしなければならないことがある」

そう言った充邦はうな垂れるような姿勢だった。極限まで狭まった気道から絞り出すような声。顔は見えなかったが、尋常ではない様子だということは伝わってきた。

顔を上げる。そこには、後悔の念が浮かんでいた。

「実は……」

震える唇が、躊躇するように止まる。どう話していいか、考えあぐねているようだった。

再び声を発したそのとき、玄関から物音がした。

龍一が玄関へと向かう。やがて、番田を連れて戻ってきた。

険しい表情をしている番田。猟銃を手に持っている。水滴がついている銃身は、しっかりと手入れされているらしく、綺麗に磨かれていた。

「猟銃って、雨の日でも使えるんですね」

赤川が妙な指摘をする。

番田は、一瞬きょとんとした後、頷いた。

「狩りは晴れた日にやるのが普通ですが、雨が降っているほうが獲物を仕留めやすいんですよ」

「どうしてですか」すかさず赤川が質問する。

「雨だと、動物の姿が見えにくくないですか」

番田は、微かに笑みを浮かべた。

「たしかに、いつもより視界が悪くなって対象が見えなくなるし、雨音で気配が消えます。ただ、それは獲物にとっても同じことです。あいつらも警戒しにくくなるから、晴れの日よりも十メートルほど近くまで寄ることができる。近ければ近いほど、それだけ命中する精度が上がるんです」

「つまり、今日のような日は絶好の狩日和ということですね」

「そういうことです。ハンターにとっては、都合がいいんです」

赤川の言葉に、番田は同意を示す。

その話を聞きながら、薫は絶望的な気持ちになる。

つまり、野放しになっている犯人にとって、この夜は有利に働くということだ。

「今、どういう話になっているんですか」

番田が薫に訊ねる。

この家に、五十嵐と奥井の家族を集めて、夜が明けるまで籠城しようという話になったことを伝えると、番田は僅かに唸る。同意とも否定とも取れない反応。

「私と赤川の二人で、ここに五十嵐さんと奥井さんを呼びます」

「それならわしも……」

言いかけた番田は、途中で言葉を止めた。

「……まぁ、別行動がいいかもしれません。あんたたちは、晴樹のターゲットではない。狙われている可能性の高いわしといるよりも、余程安全だ」

そう言った番田は、好戦的な笑みを浮かべる。

自分の心の内が見透かされているようで、気持ち悪かった。

「ともかく、急いだほうがいい」番田は銃身を手で撫でた。

「途中まで一緒に行きましょう」

「番田さんは、ここに残ったほうがいいんじゃないでしょうか」

　薫は提案する。

　猟銃で武装した番田がここにいる限り、島村家は守られる。安全とまではいかないが、少なくとも、抵抗できる。

　番田は肩をすくめた。

「わしは留まりませんよ。隠れている晴樹を見つけ出すつもりです」

「でも……」

　反論は、番田の鋭い視線によって抑え込まれる。

「晴樹はおそらく、監禁を主導した村長や村方三役に復讐するつもりで、その中に目付であるわしも入っているでしょう。ただ、これは推測でしかない。もしかしたら、村人全員を殺そうとしているのかもしれない。我が一族は先祖代々、ここ二荘村の目付として村を守ってきた。その役目を果たさず、ここでじっとしていろというんですか」

　番田の低い声は、僅かに震えていた。今にも怒りが爆発しそうな感情を、なんとか堪えているようだった。この状態でなにを言っても、考えを曲げることはないだろう。それに、番田の意見ももっともだった。薫のプランは、村人全員を救うものではない。もっともいいのは、犯人を見つけ出し、無力化すること。

「……分かりました。相手は拳銃を持っていますので、気をつけてください」

「なに、村を見回って、見当たらないようならここに戻ってきます」

頷いた薫は、外に向かおうとして一歩踏み出したが、すぐに動きを止める。

「先ほどの話って、なんでしたっけ？」

充邦に向かって訊ねる。伝えたいことがあると切り出していた話が、中断していたのを思い出した。

「……いや、また落ち着いたら話す」

充邦が歯切れの悪い返答をする。その様子を不審に思ったが、今はゆっくりと話を聞いている暇はない。

再び、外に出ようと思ったとき、別の声が聞こえる。

「そういえば、聞きたいことがあったんでした」赤川はたるんだ顎に手を当てながら続ける。

「島村建設って、村長がやられている会社ですか」

言いながら、指を差す。その方向を見ると、カレンダーが掛けられていた。カレンダーの下部に〝島村建設株式会社〟と印字されていた。

「……あぁ。それがどうしたんだ？」

怪訝そうに答える。

薫も似たような表情を浮かべた。今話すべき内容とは思えない。会話を中断させようとするが、次の言葉に、薫は目を見開いた。

「会社の倉庫とかに、ダイナマイトの保管をしていますか」

「……ダイナマイト？」

充邦の動揺をよそに、赤川は続ける。

「車で土砂崩れの現場に行ったとき、微かに火薬のような臭いがした気がしたんですよ。雨が降っていたので気のせいかもしれませんが」

顔を強張らせた充邦は、天井辺りを見つめてから口を開く。

「……たしかに、ダイナマイトを倉庫に保管しているが、厳重に管理している」

「管理が杜撰《ずさん》だと思っているわけではありません」赤川は首を横に振る。

「いくら管理していても、あとさきを考えずに本気で盗み出そうと思えば、大体のものは盗めます。保管場所に犯人が侵入して、ダイナマイトを盗み出す可能性は、あると思いますか」

その問いに、充邦は厳しい表情を浮かべる。

「……土砂崩れは、ダイナマイトによる人為的なものだとでも言いたいのか」

「あの場所のほかに、土砂崩れしているようなところはありませんでした。村から逃げ出すことを阻止するためにダイナマイトを使用したかもしれません」

充邦は、信じたくないと言いたげに首を横に振った
「……長年の雨の蓄積により、深層崩壊が起きただけじゃないのか。そして、たまたまそ

の場所が、二荘村と町を繋ぐ道路の近くだったということも考えられる」

「その可能性もあります」赤川は同意する。

「ただ、もしダイナマイトが盗まれていたとしたら、犯人は拳銃に加えて、爆破物も持っているということになります」

赤川の言葉に、薫は身震いする。

犯人がダイナマイトを所持していた場合、この家に人を集めるのは犯人の手間を省くことになる。ターゲット全員が集まったところで爆殺するのがもっとも簡単で、確実。漏れがない。

判断に迷ったが、赤川の推測は保留にする。

「……ダイナマイトが保管されている倉庫も確認したいので、場所を教えてくれませんか」

薫が訊ねると、充邦はテーブルに置かれた地図に指を置いた。五十嵐の家の手前。これなら、遠回りをしなくてもよさそうだ。

「会社がある場所はここで、ダイナマイトが保管されている倉庫は、その裏手にある銀色のプレハブだ」

立ち上がった充邦は一度部屋を出て、すぐに戻ってくる。持っていた鍵を薫に手渡した。

「出入り口に南京錠をかけてある。これで中に入ってくれ。奥にあるキャビネットの中に、ダイナマイトが入った段ボールがある。キャビネットの鍵は、こっちだ」

二つの鍵を受け取った薫は、それらをポケットに入れる。

「ダイナマイトが入った段ボールは三箱あって、すべてガムテープで密封されている。もし盗まれているなら、すぐに分かるはずだ」

「分かりました……ちなみに、警備会社などのセキュリティーサービスは入っていないんですか」

「いや、施錠しているだけだ」

つまり、鍵さえ壊せばダイナマイトを入手することは可能だということだ。

赤川の推測の正しさを証明したように感じ、恐怖に捉えられる。

弱気に支配されそうになった薫は、自分を奮い立たせる。そして、誰が訪ねてきても、無闇に鍵を開けないようにと充邦に言ってから、家を後にした。


外は相変わらず蒸し暑く、雨も降り続いていた。

やや雨脚は弱まっているようだが、この暗闇と相まって、視界は最悪だった。視覚も聴覚も奪われている状況下では、人の気配を察することはほぼ不可能。

懐中電灯の明かりが頼りだった。

島村家の敷地を出ると、番田が振り返った。

「わしは先に五十嵐さんの家に行って状況を説明してきます。あんたらはダイナマイトが盗まれていないかの確認をしてから来てください。五十嵐さんの家は、屋根が青色に塗られてあるから分かるはずです」

異論はなかったので頷く。

なによりも先に、ダイナマイトが盗まれていないかの把握をしたかった。

「無理はしないでください」

そう言い残した番田は、足を引き摺るような歩き方をして、暗闇へと姿を消していった。猟銃で武装している番田が離脱したことで急に心細くなったが、弱気になった心を鼓舞する。

隣には赤川がいる。二人なら、もしかしたら襲撃されても反撃ができるかもしれない。意外と、拳銃の扱いは難しい。思っている以上に的に当てるのは困難だ。十年も蔵に幽閉されていた晴樹が犯人だとしたら、射撃訓練などはしていないはずだ。勝機はある。

「……では、行きましょうか」

赤川の声。顔を確認すると、引き攣った笑みを浮かべていた。

「的が大きいのが一緒でよかった」

薫は言って、歩き出した。

「……それ、酷くないですか？」

巨体を揺らしながらついてきた赤川が不平を口にする。この声が本気で心細そうで、なぜか笑ってしまった。

「うそうそ。これでも私は先輩だから。もしものときは、任せて」

言い終えたところで、赤川が少しだけ近づいてきた。

「……僕、ちょうど彼女と別れたばかりなんですよね。惚《ほ》れてしまってもいいですか」

「惚れないで」

即答した薫は、歩調を早める。

少しだけ、気が楽になった。それは赤川も同様らしい。重々しい空気が少しだけ軽くなる。

「目的地に到着することだけを考えて」

懐中電灯でいろいろな場所を照らす赤川を窘《たしな》める。

「この環境下だと、潜んでいる犯人を察知するなんて至難の業《わざ》だし、見つけたとしても防ぎようがない。なるべく短時間で目的地に着くための努力が、もっとも生存率を上げると思うの」

我ながら、やけっぱちの理論だ。

「たしかにそうですね」

それでも納得した赤川は、それ以降、懐中電灯を振らなくなった。

記憶した地図を思い出しつつ、ぬかるんだ道を進む。道に迷うなどといった愚行を犯したくはなかった。

暗闇に閉じ込められたような感覚に、身体がすくみそうになる。いつ、撃たれるか分からない。次の瞬間に命が消えるかもしれない。

ふと、今までの刑事人生を振り返った。殺された被害者のほとんどは、突然、無理やり生命を絶たれていた。どんなに辛かっただろう。どんなに苦しかっただろう。

これまで、被害者の気持ちを考えてこなかった自分の想像力の乏しさに愕然とする。刑事として事件に向き合うときは、犯人逮捕を第一に考える。被害者の無念を思うものの、常に犯人を念頭に置いている。被害者の無念に心を痛めるのは一瞬で、すぐに犯人を追うことに集中する。憤りが先行し、被害者の気持ちをしっかりと考える余裕などなかった。刑事は犯人を追うことが仕事なので、それでいいと思っていた。ただ、この状況になって初めて、被害者の気持ちをもう少し考えていかなければならないと感じた。

自分が死んだら、考えてほしいから。

「あそこじゃないですか」

背後から声をかけられた薫は、視線を上げる。懐中電灯の明かりの先に〝島村建設〟という文字が見えた。

この場所に犯人が待ち伏せをしているとは思えないが、警戒は怠らなかった。

二階建ての建物は鉄骨造で、頑丈そうな造りをしている。

裏手に回ると、プレハブ倉庫があった。こんな場所にダイナマイトを保管しているなんて。そう思ってしまうほどの、なんの変哲もない外観だった。

薫はポケットから鍵を取り出そうとしたが、赤川の言葉に動きを止める。

「……鍵は、なくても大丈夫そうですね」

懐中電灯の光で照らされた南京錠は、壊れて地面に転がっていた。出入り口の扉は閉められているが、侵入されたのは明白だった。金色に光る南京錠を見て、晴樹が幽閉されていた蔵のことを思い出す。

「入りましょう」

赤川が引き戸に手をかけて、扉を開ける。懐中電灯で中を照らした後、足を踏み入れた。

倉庫の中は土臭かった。

物陰に注意を払いつつ、電気を点ける。

綺麗に整頓されていて、清潔感があった。一見して、乱れた場所はなさそうだ。建築機材やドラム缶が置いてあった。

薫と赤川は、無言で周囲を見渡し、耳を澄ます。屋根に当たる雨の音。蛍光管がジリジリと鳴っている。それ以外に、音はなかった。人の気配もない。

ここに犯人は潜んでいない。

緊張を解いた薫は、奥にあるキャビネットに向かったが、すぐに足を止める。

寒気がした。

入り口からは棚に隠れて見えなかったが、百八十センチメートルほどの高さのキャビネットが二つ並んでおり、その内の一つが開いていた。無理にこじ開けられたのだろう。扉がひしゃげている。

中を覗くまでもなかった。

キャビネットの前に置かれた段ボールには〝ダイナマイト〟の文字。

「……ダイナマイト、盗まれていますね」

段ボールに近づいて見下ろした赤川が呟き、薫を見る。今にも泣き出しそうな表情だった。

呼吸を忘れていた薫は、大きく息を吸った。

土砂崩れを起こすためだけならいい。問題は、犯人がまだダイナマイトを所有しており、別の目的に使う計画があるという可能性のほうだ。

「けっこう無くなっていますね……えーっと、十本です」

十本。土砂崩れを起こすためにすべて使われていることを、切に願う。

頭が痛くなる。

拳銃だけでも御しがたいのに、ダイナマイトまで使われたら対応できない。

島村家に人を集めるのは失策だったか。そう思ったが、今さら計画を変更できない。そもそも、変更を告げる手段がない。

ポケットからスマートフォンを取り出し、確認する。圏外という文字が無情に表示されていた。

「……どうしますか？」

赤川が指示を求めてきた。こっちが聞きたいという弱音が喉元までせり上がってくる。それを押し込めた薫は、頬を手で軽く叩く。

「……五十嵐さんのところに行って、番田さんと合流する」

最善策が思い浮かばない今、ともかく動くことだ。

——動いてさえいれば、状況は変わる。

窮地に立たされていることは間違いない。立ち止まっていたら、窮地のままだ。そこから脱する方向性が分からなくても、動き続ければ事態が改善するかもしれない。

倉庫を後にし、五十嵐の家に向かう。ここから五分ほどの距離。夜なので光がなく、足元もぬかるんでいるので、十分はかかるだろう。

「羽木さんって、小さい頃、どういった子供だったんですか」

背後から唐突に訊ねられた薫は、歩調を緩めずに振り返った。

「……なに、急に」

「いえ、さっきから、自分の幼少期を振り返っていたんです。育ちの良さが顔に出ているから知っているかもしれませんが、僕の親、結構な金持ちでして」自慢から入った赤川は、つらつらと語り始める。

「といっても、田舎の土地持ちで、先祖が作り上げた遺産で生きているだけなんですけどね。努力なしで金持ちになった世間知らずって感じの一家です。まぁ、正直なところ、なんの不自由もない生活を送っていました。食べたいものは食べられるし、欲しいものは与えられる。案の定、幼少期から太っていました。それに、感覚がずれていたんでしょうね……小学生の頃はいじめられていました。

学校では友達もいなくて孤独でした。話し相手がいないのも辛かったんですけど、それ以上に、姉の存在が僕を苦しめました。いじめられていても、学校にいたほうが楽だと思えるほどに」

赤川に姉がいるのは知らなかった。

先を急ぎつつも、耳を傾ける。

「姉は気性が荒くて、なにかにつけて僕を殴ったり蹴ったりしてくるし、無理難題を押しつけるんです。蟬を食べろとか、川に飛び込めとか。それに、食べたいものがあるから買ってこいって命令されたら、夜中でもそれを断ることができないんです。断ったら、殴られますから。近くにコンビニがなかったので、冬の寒空の下、泣きながら自転車を走らせたことは何度もありますよ」

泣きながら自転車に乗る赤川を想像する。不憫《ふびん》だった。

「姉のせいで、女性との関わり方が分からなくて、ずいぶんと苦労しました。どうして反抗しなかったんだろうって今は不思議なんですが、当時は言うことを聞かなければという一心だったんですよね……まぁ、そんなことを考えていました。走馬灯《そうまとう》みたいに」

「……変なことを言わないで」

薫は顔を歪める。

縁起でもない。

赤川はその後も、子供時代のことを語る。

話を聞きながら思う。

おそらく赤川は、沈黙が耐えられないのだ。その気持ちは分からないでもない。降りしきる雨の中、村に閉じ込められ、暗闇に囲まれている。それだけでも気が滅入るのに、どこから銃弾が飛んでくるか分からない状況なのだ。しかも、防ぐ手段がない。会話で気を紛らせたくもなる。

薫も、自分の結婚していた時代のことを話したいという衝動に駆られる。

子供を身籠もらないことを詰《なじ》られ、罵倒され、全人格を否定される日々。あのときは、ひたすら自分が悪いと思っていた。赤川が言うように、当時は反抗するという選択肢を考えもしなかった。自分で自分を閉じ込めていた。

自分が悪いのだと信じ切っていた。だから、誰にも相談できなかった。

今考えると、軽い洗脳状態だったのだ。

過去に受けた傷を誰かと共有すれば、少しは気が晴れるのだろうか。

話したい――。

その熱量に唇が動きそうになったところで、赤川が大きな声を発した。

「あれが五十嵐さんの家じゃないですか」

懐中電灯の先に、青い屋根の家が現れた。近づいて、表札を確認する。〝五十嵐〟の文字。間違いない。

窓から光が漏れ出ている。

玄関に向かうと、扉が開け放しになっていた。物音がしない。不審に思った薫は、赤川の顔を見る。赤川も不穏な空気を察したようだ。

インターホンを押さず、息をひそめて家の中に入る。

靴を脱ごうとしたとき、異変を察する。血の臭い。しかも、大量の血。伊藤の家に入ったときと同じだ。ただ、それに混じって、饐《す》えた臭いもする。

警戒心を強めつつ上がり框を跨《また》いだとき、廊下の奥から人影が現れた。

番田だった。猟銃を手に持ち、鋭い視線を向けてくる。

「遅かったですね」

犯人との遭遇ではなかったことに安堵した薫だったが、すぐに気を引き締める。番田が苦悶の表情を浮かべていた。

「……五十嵐さんは、どこですか」

「こっちです」

番田は身体を反転させる。薫と赤川もついていった。

血の臭いが、どんどん濃くなっていく。腐臭も増す。

番田が入っていったのは、家の北側にある和室だった。惨状。嫌な予感が的中した。

窓際でうつぶせに倒れている男が絶命しているのは、流血の量を見れば明らかだった。背後から撃たれたのだろう。青色の甚平《じんべい》の背中部分がどす黒く変色していた。

「ここに到着したときは、もうすでにやられていました」

湧き上がる感情を抑え込んでいるのだろうか。番田の声は震えていた。

「……五十嵐さんで間違いないですか」

赤川が遺体に近づきながら訊ねると、番田は無言で頷いた。

遺体は、窓に向かって手を伸ばすような体勢で倒れている。襲撃者から逃げようとして撃たれたような恰好だ。

「伊藤さんと同様に、拳銃で撃たれていますね」

薬莢を指差しながら言う。

金色の薬莢。伊藤の家にあったのと同じものだった。

「ですが殺されてから時間が経っていますね。血も固まっていますし」

身体が腐り始め、蛆も湧いていた。この暑さで腐敗が進行したとしても、数時間でこうなることはない。少なくとも一日は経っているように思える。

ふと、疑問が浮かぶ。晴樹が逃げ出したのは今日だ。

つまり、五十嵐を殺したのは晴樹ではないということか。いや、しっかりと検視をしたわけではないので、憶測で死亡時刻を判断するのはよくない。性急な結論は避けるべきだろう。

「晴樹を探します」

思いつめたような表情を浮かべた番田は、静かな口調で言うと、薫が制止するのを振り切って部屋から出て行ってしまった。赤川が後を追う。短い会話が聞こえた後、すぐに赤川が戻ってきた。

「……行ってしまいました」

首を横に振った赤川は難しい顔をする。なにか考えごとをしているようだった。

その様子を尻目に、薫は落ち着けと自分に言い聞かせる。

二人の人間が殺害された。いや、もしかしたらもっと死者が出ているかもしれない。

島村晴樹。

五歳から十年もの間、蔵に閉じ込められていた。本当だとしたら、恨みは相当深いはずだ。復讐に走るのも頷ける。

ただ、不思議だった。十年間幽閉されていたのに、手際が良すぎる。

息をゆっくりと吐く。違和感を拭い去ることができなかったが、今は、動くことだ。

五十嵐の遺体に手を合わせた薫は、赤川に顔を向けた。

「早く奥井医院に行って……」

「あの、実は、気になることがあるんです」

青い顔をした赤川が、薫の言葉を途中で遮った。

「……なに？」

薫が問うが、赤川はなかなか喋り出さない。

再度問うと、ようやく話し始めた。

「……実は、番田さんから火薬の臭いがしたんです」

「火薬？」

「はい。さっき、玄関まで番田さんを追いかけていったときに気づいたんです」

「でも……」

この現場で凶器として使われたのは拳銃だ。火薬の臭いがするのは当然ではないか。

そこまで考えて気がつく。まず、ここはすでに火薬の臭いがしない。そして、同じ空間にいただけで身体に臭いが付着するとは思えない。

「……本当に、火薬の臭いがしたの？」

「間違いありません」

犯人は、番田なのか。単独犯ではなく、晴樹に協力しているという可能性もある。どちらにしても、番田が危険人物である確率が高まった。

一度、島村家に戻ろうとも思ったが、男が二人いる島村家よりも、奥井のほうが狙われやすいのではないかと考える。

ともかく、早急に対処しなければならない。

薫と赤川は、足早に五十嵐の家を後にした。

＊

殺すのは、案外簡単なことだった。

力を使わなくていいので、殺したという実感があまり湧いてこない。

ただ、確実に殺した。

死体を見下ろして、その事実に歓喜した。

目障りな人間がいなくなった。

やった！　やった！

3

長時間の雨で、道が悪路と化していた。

地面の土はぬかるみ、側溝から溢れ出た水が行き場を失って溜まっている。

何度か足を取られそうになりながらも、暗闇が支配する道を進み、無事に奥井医院の裏手に到着した。

奥井家の敷地の近くに街灯があるため、比較的明るかった。

蔵を横切ろうとしたとき、不意に赤川が立ち止まる。

「この南京錠、蔵の扉に掛けられていたものですか」

古くて大型の南京錠を照らしながら問う。

「……そうみたい。これが壊されて、晴樹君が逃げ出したって……」

そこまで言ってから、薫は目を見開いた。

どうして、すぐに気づかなかったのか。

「……南京錠が壊されたのは、蔵の外から」

赤川は頷く。

「やはり、外部に協力者がいるみたいですね……しかも、その人物は武装している番田さんかもしれない」

薫は顔をしかめる。番田が敵だった場合、状況は絶望的だ。ただでさえ猟銃を持っているのに、ダイナマイトを保有している可能性もある。その上、番田か晴樹のどちらかが、伊藤と五十嵐の殺害に使った拳銃も所持しているかもしれないのだ。

恐怖心と同時に、疑問が湧く。

猟銃やダイナマイトは分かるが、拳銃はどうやって入手したのだろう。

番田が晴樹に手を貸す理由も分からない。番田は、岸田の血が流れている晴樹を幽閉することに賛成していた。その晴樹を逃がして、二人もの人間を殺す意図はどこにあるのだろう。

考えても、答えが出ないのは分かりきっている。

首を振った薫は、奥井医院の方向に目を向けた。

部屋の明かりは点いていた。五十嵐の家の惨状がフラッシュバックする。すでに手遅れなのではないかという気持ちを押し込めた。

「もし、番田さんに会っても、今までと同じ対応をして」

その要請に、赤川は頷く。

「……そうですね。気づかれたと知ったら、なにをされるか分かりませんから」

番田が犯人だとして、もともと薫と赤川は標的に入ってはいないだろう。今日ここに薫たちがいることを知った番田が、驚いた顔をしていたのを思い出す。

想定外の二人。

どう対処するべきか、考えているのかもしれない。生かしておく理由はない。計画の邪魔となれば、容赦はしない気がした。

そもそも、番田は今回のことを起こした後、どうするつもりなのだろうか。

逮捕されないよう画策しているならまだいい。あとさきを考えているということは、無茶なことはしないだろう。

問題は、逮捕されてもいいと思っていた場合だ。目的を達して自殺するつもりなら、最悪の事態になりかねない。

息を殺して、奥井医院に近づく。

正面玄関で一度立ち止まった。明かりは灯っているが、すりガラスのため、中を窺い知ることはできない。

薫は赤川と顔を見合わせた後、扉の取っ手に手をかける。抵抗なく開いた。

「あ、どうも」

途端に固い声が飛んでくる。奥井のものだった。

奥井は、手に木刀を持っている。視線に気づいた奥井は、ばつの悪そうな表情を浮かべた。

「……なにもないよりはましだと思ったんです」

拳銃に対抗はできないだろうが、素手よりは良い。薫はそう思いつつ、医院の待合室を見渡す。人の姿はない。

「奥さんとお子さんは二階ですか」

「いえ、避難させました」

「どこにですか」

無言。場所を答える気はないようだ。

「……安全な場所ならいいですが」

その言葉に、奥井は肩をすくめる。安全な場所かは疑問のようだ。

「番田さんは来ましたか」

「……いえ」

奥井は首を横に振る。

おかしい。

先に五十嵐の家を出たのは番田だ。奥井を狙っているのではないのか。

そこまで考えて、次の標的は島村だったのかと思う。

急がなければ。

「一緒に、島村さんの家に来てください。人数は多いほうがいいです。もしかしたら犯人は単独ではなく……」

「番田さんなんですね？」

奥井の言葉に、薫は目を見開く。

「それは……」

どうしてそう思ったのだろうか。そのことを聞こうと口を開きかけるが、さらに追い打ちをかけるような言葉が続く。

「最初は分からなかったんですが、途中から、番田さん一人の犯行ではないかと思っていました……晴樹君は、この世に存在しませんから」

奥井の言葉に、耳を疑った。あまりに衝撃的な発言に、薫は言葉を発することができなかった。

「……どういうことですか」

代わりに、赤川が訊ねる。

奥井は顎を引き、視線を床に落とす。

「……それは、移動してから伝えます。この事実を知る村長たちもいたほうが話が早いでしょう……まだ、村長たちが殺されてなければですが」

その言葉は冷たく、夏の蒸し暑さにそぐわなかった。

奥井の家を出て、十分後に島村家に到着する。

こうして歩き回っていたせいか、足腰が痛くなっていた。それでも、緊張からか疲れはなかった。

家の中は電気が消えていた。部屋の中央に置かれたスタンドライトのみが光をもたらしている。聞くと、電気が点いていたら、拳銃の的になりやすいからだと充邦は答える。妥当な判断だと思った。家の中にいても、窓越しに銃撃される恐れはある。

充邦は険しい表情をしており、龍一と妻の佳代子は不安そうな面持ちだった。

三人の顔を見まわした薫は、口を開く。

「五十嵐さんも殺されていました」

拳銃で撃たれていたことを報告すると、充邦は表情を一層厳しくした。

「ダイナマイトはどうだったんだ？」

「盗まれていました。十本」

「十本……」思案顔になった充邦は、やや時間を置いてから続ける。

「土砂崩れの規模にもよるが、十本は多すぎる気がする。電波塔を壊すのに使ったか……いや、それでも多い」

つまり、犯人は今もダイナマイトを持っている可能性があるということだ。最悪の状況に、部屋にいる誰もが押し黙る。家を叩く雨音だけが、やけに大きく響いていた。

「伊藤さんと五十嵐さんが殺されました。やはり犯人は番田さんだと思います」

奥井が発した言葉に、充邦や龍一は驚いていないようだった。赤川も、火薬の臭いの件を伝えて番田犯人説を主張する。それにも、誰も反論しなかった。

「……番田なら、ダイナマイトの取り扱いも心得ているだろうし、なにより山歩きが得意だ。破壊工作をしたり、土砂崩れを起こすのは容易だろう」

苦々しい声で充邦が言う。

「番田さんはここに来ていないんですか」

「来ていない」

いったい、どこに消えたのか。

その疑問よりも先に、確認しておきたいことがあった。

「説明してください。晴樹君がいないって、どういうことですか」

番田犯人説は誰もが納得するものだというのは分かった。分からないのは、先ほどの奥井の発言だ。

——晴樹君は、存在しませんから。

不可解すぎる言葉。

薫の問いに、充邦は奥井を一瞥し、それから龍一と顔を見合わせた。

「晴樹君はいないんですか」

再び問う。すると充邦は、観念するように肩を落とした。

「……そのとおりだ。晴樹は幽閉されていない。十年前、本当に死んだんだ」

今度は、薫と赤川が顔を見合わせる番だった。

「詳しく聞かせてください」

その言葉を受けたのは、充邦ではなく龍一だった。

「どうしても、生きていると信じさせる必要があったんです」

「番田さんに対してですか」

一瞬の躊躇の後、声を発する。

「……妻だった、歩美に対してです」

意外な名前が出てきたことに、薫は目を瞬かせる。

龍一は続ける。

「十年前、晴樹は山で遊んでいて、誤って崖から落ちて死にました。それは間違いありません」

「どうして、蔵に幽閉されているなんて嘘を吐いたんですか」

「……それは、晴樹が死んだことを知った歩美が、精神的に参ってしまって」

歩美という名前を、言いにくそうに発する。隣にいる佳代子を気遣っているのだろう。

「参ったなんて易しいものじゃない。完全におかしくなっていたんだ」

充邦が訂正する。当時のことを思い出したのか、それとも今の状況に置かれ続けたため か、極度に疲弊して見えた。

隣にいる龍一も、同じ顔をしている。

「……晴樹の死を知った歩美は、放心状態でした。一日中、泣くこともせず、喋りもしま せんでした。周囲が声をかけても反応はなく、まるで、人形になったかのようでした。そ れが半月ほど続きました」

声が僅かに震えている。気のせいか、瞳も潤んでいるように見えた。

極度の衝撃に見舞われた人間が、ショック状態になる現場を見たことがある。しかし、 半月というのは長い気がした。それほど、歩美にとって晴樹の存在が大きかったというこ とだろうか。

「心配でしたが、その反応は当然かもしれないという気持ちもありました。歩美は、晴樹 を心の底から愛していました。世界の中心でした」

龍一の力のこもった言葉が、証左のように思えた。歩美は、晴樹を愛していたのだ。

薫は目を細める。

「……まさか、それで生きていると嘘を吐いたということですか」

「生きていると、嘘を吐くしかなかったんです」

冗談かと思った。しかし、嘘を言っているようには見えない。

「……どうして、そんな」

「あの女がおかしくなったからな」

充邦の声は擦れていた。咳払いをしてから、続ける。

「普通、自殺しそうな身内がいたら、必死に止めるだろう」

「でも、生きているなんて嘘を吐いてまで……」

「では、自殺するのではなく、人を殺そうとしている身内がいたらどうする？　あんたは、なんとしてでも止めなければという思いに駆られないのか？」

身内が、人を殺そうとしている。身内が本気で実行しようとしていたらと考える。自殺しようとしていたら止める。ただ、人を殺そうとしていたら——。

上手く思考がまとまらない。そんなケース、考えたこともなかった。

「……歩美さんは、いったい誰を殺そうとしていたんですか」

「特定の人というわけではない。あの女は、晴樹が事故死ではなく、殺されたんだと思っていた。当然、根拠のないもので、犯人の名前もころころと変わっていった。ただ、本気で犯人と妄信した相手を殺そうとしているのが分かったよ」

そう言った充邦は、長袖のシャツの腕をまくる。そこには、切り傷が無数についていた。

何度か見たことのある傷。被害者が受ける防御痕に似ていた。

「私を犯人だと思い込んだあの女から受けた傷だ。龍一にだって傷がある。周囲の村民に覚られないように、この家に必死に抑え込んでいたんだ。発作のようにおかしくなるのは、数日おきだった。だからその間、この家に閉じ込めていたんだ」

　充邦の言葉を否定しない龍一は、無意識といった調子で脇腹に手を当てる。おそらく、そこに傷があるのだろう。

「いつ、人を殺してしまうか分からない状況だった。だから、晴樹が生きていて、蔵に閉じ込めているという嘘を吐いたんだ。どうしても、あの女を犯罪者にするわけにはいかない。あのときは、家族の一員だったからな……努力の甲斐があって、幸い、あの女がおかしくなったのを周囲に覚られることもなかった」

　充邦の口調は、歩美のためというよりも、世間体を気にしているようだった。

「……蔵に幽閉されていると言ったのは、生きているという嘘を見破られないためだったんですね」そう言った薫の頭に、疑問が湧く。

「でも、溺愛《できあい》している息子を蔵に閉じ込めておくなんてこと、歩美さんは認めたんですか。それに、歩美さんの日記には、晴樹君を直接見て、成長を見守っていたと書かれてありましたけど」

　真相が提示されても、まだまだ納得がいかないことが多かった。

充邦は、自嘲《じちょう》気味の笑みを浮かべる。

「正直なところ、信じてもらえるかは半信半疑だった。ただ、信じさせなければならなかったし、怒りと悲しみに支配されたあの女は、その言葉に飛びついた。それに、蔵に閉じ込めておくと言ったわけではない。蔵に身を隠す必要があるから、しばらくは外に出ることができないと伝えたんだ」

「……どういうことでしょうか」

漠然とした説明に、薫は眉間の皺を深める。

充邦は感情を無理に抑え込んでいるような、淡々とした調子で続けた。

「晴樹に岸田の血が流れていることを村人たちが知り、危害を加えようとしている者までいると嘘を吐いた。そして、しばらく隠れていたほうが安全だと言ったんだ。事故死と偽っているのも、晴樹の身を守るための演出だと。あの女は、それを信じた。藁《わら》にもすがる思いだったんだろう」

また、血か。

岸田の血が、どうしてそこまで嫌われるのか。

「たかが村長選挙に立候補しただけですよね。しかも五十年前に」

薫の言葉に、充邦は押し黙る。

やはり、なにかほかの理由があるのだろうか。

深掘りしようとしたところで、赤川が横槍《よこやり》を入れる。

「歩美さんの日記に書かれていた晴樹君は、どう説明するんですか。あの日記を読む限りでは、歩美さんは実際に晴樹君の成長を見ているようでした」

充邦は目頭を指で揉み、低い唸り声を上げる。かなりの疲労が窺えた。

「僕から話します」

龍一の発言を吟味するように目を細めた充邦は、やがてゆっくりと頷いた。

「晴樹が生きていることにしようと考えたのは、僕なんです」そう言った龍一の目には、悲しみの色が浮かんでいた。

「そのほうが、いろいろと都合がよかったんです」

――いろいろと。

引っ掛かりを覚えたが口には出さず、黙って龍一の話を聞くことにする。

龍一は、深呼吸を一度した。

「話を信じた歩美には、晴樹はしばらく蔵に身を隠して、ほとぼりが冷めたら外に出すという約束をしました。そして、再び晴樹に会いたければ、離婚してくれと言ったんです。岸田の血を引いている歩美は、この村に居続けることはできないと」

「……歩美さんは納得したんですか」

赤川の問いに、龍一は曖昧に頷いた。

「定期的に晴樹に会わせるという条件で。ただ、会話はできないという制限をつけました。それで、歩美は離婚に応じたんです」

そんな条件を、よく納得したなと思う。そして、晴樹は死んでいるのに、どうやって会わせるのか。赤川も同じことを感じたらしく、そのことについて質問する。

すると、龍一の顔が苦悩に歪む。

「歩美に岸田の血が流れていることが判明して以来、ずっと、離婚すべきだという話をしていたんです……つまり、晴樹が死ぬ前から、皆で離婚を迫っていたんです」

声が震える。悔恨の念を感じる口調。

薫は、傷口を素手で掴まれたような鋭い痛みを覚えた。

皆で離婚を迫る。

薫の過去と重なる。いや、歩美とは状況が違う。しかし、薫自身も、周囲から離婚を迫られて心身ともにボロボロになった経験があったので、他人事《ひとごと》のようには思えなかった。

歩美も、周囲から責められ、自分が悪いと本気で思って苦悩していたのだろう。

「離婚を迫っても、歩美さんは離婚に同意しなかったということですね」

声が鋭くなる。非難したい気持ちを、寸前で堪えた。

「……はい。歩美は、晴樹と離れ離れになるのが耐えられないと言っていました」

「晴樹君も、岸田の血が流れていたんですよね。歩美さんは駄目で、晴樹君は良かったたんですか」

「晴樹は後継ぎだった。血のことについては、やむを得ないと思っていた」

充邦が吐き捨てるように言う。

つまり、後継ぎである晴樹はいいが、歩美は邪魔者であり、島村家には不要ということか。

血の理屈も、ずいぶんと都合のいいものだなと思う。

傲慢《ごうまん》な考えに、吐き気がした。

離婚をした場合、特段問題がなければ、親権は母方になる。子供と二人で逃げ出せばいいのにと思うが、責められている当事者は一種の麻痺状態になるため、あるであろう選択肢を見つけられなくなる。思考が停止してしまうのだ。判断力がなくなるのだ。

皆に責められる中、歩美は踏ん張っていた。なんとか離婚を回避できないかと思っていたに違いない。非難する人に許しを乞《こ》い、すがったはずだ。味方がいない中、それでも必死に状況を改善できないかと考えていたはずだ。

そんなとき、晴樹が事故死したという一報が入り、歩美は錯乱した。悲しみを受け止められなかった歩美は、痛みを怒りに転嫁することで自分を保とうとしたのだろう。他殺を疑い、犯人を殺そうとした。そんな中、晴樹が生きていると告げられる。

それは、歩美にとって最大の救いだったに違いない。最愛の子供が生きている。生きているだけで十分だと思った歩美は、龍一の提示した条件を呑み、離婚を受け入れた。

その心情を、薫は理解できた。嘘だという可能性を締め出して、晴樹が生きているという囲いに自らを閉じ込めた気持ちが理解できた。

「……でも、肝心の晴樹君に会わせるというのは、簡単なことじゃないですよね。どうやって騙したんですか」

龍一は一度顔を伏せ、額を掌で拭った。そして、奥井を見る。

「……それは、奥井さんの息子さんである真君に変装してもらったんです」

薫は目を見開く。

奥井真。一度だけ会ったことがある。いや、祭りで見たのを入れると二回か。

「……そんなに、似ていたんですか。晴樹君と真君は」

「いえ、似ていませんでした。ただ、事前に嘘を吐いておいたんです。晴樹の事故死は嘘だったが、事故に遭ったのは事実で、顔に怪我を負っているからと。その怪我を隠すためにサングラスをかけて過ごしていると」

容易に嘘と分かるような嘘。しかし、歩美は信じた。しがみついた。そうすることで、自分が抱えている悲しみから逃れることを選択した。

「真君が扮《ふん》する晴樹に会わせる日は、僕が歩美を迎えに行きました」

薫は納得する。歩美が二荘村に行く方法が不明だったが、龍一が送迎をしていたのか。

「死んだ晴樹君に変装することに、真君は協力してくれたんですか」

普通ならば、こんな面倒ごとに巻き込まれたくないと思うはずだ。

薫が問うと、今まで黙っていた奥井が口を開く。

「……晴樹君が死んだ日、一緒にいた真は、どうして助けることができなかったのかと罪悪感を抱いていたようです。それで、龍一さんの申し出を受けました」

弱みに付け込んだということか。

「ただ、年に四回ほど遠くから見られるだけですし、特段演技も必要ないので、負担にはなっていなかったようです」

奥井の声が途切れると、沈黙が訪れる。

歪《いびつ》だと、薫は思った。

岸田の血を継ぐ歩美に離婚を迫っている中、晴樹が事故死して、歩美が精神に異常をきたした。他者に危害を加える恐れが高まったため、晴樹は生きていて蔵に幽閉されていると嘘を吐き、奥井の息子である真が晴樹の代理を務めた。

一応の筋は通る。納得もできる。警察も晴樹の死亡を疑っておらず、死体検案書に妙なところもない。事実、晴樹は死んでいるのだから、疑いようがない。

しかし、なにか変だ。

いや、明らかにおかしい。

——蔵に幽閉されていると偽った理由が分からない。

たしかに、歩美に対して蔵に幽閉しているということで、晴樹に会うまでの時間を延長することはできる。ただ、蔵には鍵がかけられ、布団が敷かれていた。幽閉の体裁が整えられていた。歩美を騙すだけなら、そこまでする必要はない。

今までの話にない、なにかがある。

「そして、晴樹を蔵に閉じ込めておくという嘘は、番田さんへの牽制でもあったんです」

疑問に答えるように、龍一は告げた。

薫は目を細める。

番田は、晴樹が蔵に幽閉されており、逃げ出したと言い張っていた。番田の立ち位置が不明だ。意味が分からない。なにを知り、なにを知らないのか。

「……番田さんは、岸田の血を憎んでいました。ただ、この村を守りたいという一心だったんです」

龍一が話を続けようとしたとき、赤川が驚いたような声を上げる。

「あ！　こっちに近づいてくる人がいますよ！」

カーテンの隙間から外を見ている赤川が手招きする。

薫は、赤川の横に陣取り、暗闇の中を凝視する。

降りしきる雨の中、たしかに人影がこちらに近づいてきていた。足を引き摺ったような歩き方。手には猟銃。

間違いない。番田だ。

自分の至らなさを、内心で罵倒する。

こうして話をしている間に、たとえば出入り口を家具で塞いだりしてバリケードを作るべきだったのかもしれない。猟銃を持った人間に対して有効かは疑問だが、しないよりましだろう。なにも行動しなかったことが悔やまれる。

危機が目前に迫っている中、薫は動こうとした。しかし、金縛りにあったように身体がいうことをきかない。

番田が立ち止まる。暗闇の中の僅かな街灯の光を頼りに、動きを注視する。

猟銃の銃口が、こちらに向けられた。ゆっくりとした動作だった。

血の気が引く。

「窓から離れ……」

声を発した途端、窓ガラスが割れる音が響く。

ガラス片が降り注ぎ、雨風が吹き込んでくる。

頭を庇《かば》いつつ、薫は皆がいる居間に避難する。

恐怖で、頭が回らない。どうすればいいのか分からなかった。

思考が散らかり、絡まる。

このままではパニックを起こしそうだった。

「だ、だ、大丈夫です」

隣で青い顔をしている赤川が声を詰まらせつつ、引き攣った笑みを浮かべる。鼻水が垂れており、泣き出す直前の子供のように下唇を突き出している。その顔がやけに面白くて、思わず笑ってしまった。少しだけ、恐怖心という呪縛から逃れることができた。

後ろを振り返る。皆、恐怖に支配されていた。

なんとかしなければ。そう思って周囲を見渡す。奥井が持っている木刀が目に留まった。

「それ、貸してください」

木刀をもぎ取り、部屋の中央で光っているスタンドライトを見る。

光が味方になってくれれば、あるいは——。

「ブレーカーはどこですか」

薫は龍一に訊ねる。

一瞬、きょとんとした龍一は、上擦った声で、洗面所にあると答えた。洗面所は前に使った。居間からはもっとも遠い場所にある。好都合だ。

「それでは、皆さんは洗面所に移動してください」

小声で皆に指示をする。裏口から逃げることも考えたが、猟銃を持つ相手から逃れるのは困難だ。

やはり、ここで迎え撃たなければならないだろう。

居間から人がいなくなる。薫は居間の電気を点けて、スタンドライトを消し、襖を閉めた。途中、台所に置かれた湯呑みを手に持ち、移動する。

三畳ほどの広さの洗面所に、充邦、龍一、佳代子、奥井が入った。

ここに攻め込まれたら袋の鼠《ねずみ》だなと思いつつ、赤川にこれからの計画を告げる。眉をひそめた赤川は、不安な面持ちのまま頷いた。

「……気をつけてください」

弱々しい言葉を受け取った薫は、自分を落ち着かせるために、時間をかけて息を吐き、そして一気に吸った。

素早く移動する。

居間へと通じる隙間から光が漏れていた。それを確認することができる位置を探す。台所が適当だった。

食器棚の陰に身を隠した。

闇に溶け込んだ台所で身体を小さくしつつ、意識を居間に集中させる。額に浮かぶ汗を拭い、浅い呼吸をした。

窓ガラスの割れた場所から家に侵入してくるとしたら、ガラス片を踏む音がするだろう。居間には明かりが灯っているので、番田の目はそれに慣れるはずだ。

居間は無人なので、番田は家の中を探し始めるに違いない。居間を通って、こちらに向かってきたタイミングで、湯呑みを適当な方向に投げる。それが割れる音を合図にして、家のブレーカーを落としてもらう手筈になっていた。

光から暗闇へ。

光に慣れた番田の目が、一瞬だけブラックアウトするはずだ。対して、薫はすでに暗闇に目が慣れていた。上手く目眩《めくら》ましができれば、その隙を突いて、木刀で打撃を加えることができる。

計画というには脆すぎるものだが、今考えられる最大限のことだ。これに賭けるしかない。

音を待つ。

雨が家を叩き続け、風が割れた窓ガラスを吹き抜ける音が断続的にしている。それ以外に、音はしない。

ガラス片を踏む音もなければ、居間に人がいるような気配もない。

時間の感覚を失う。ずいぶんと長いようにも思えるし、まだ数秒しか経っていないくらい短くも感じる。

焦れながら、ガラス片を踏む音を待っていると、ふと、疑問が頭をもたげる。

なぜ、番田はあんな場所で猟銃を撃ったのだろうか。猟銃を使うことによって、存在を知らしめることになる。来たことをわざわざ伝えるリスクを冒してまで、撃つ必要があったのだろうか。なにか意味はあるのだろうか。

侵入路の確保のため？

違う。猟銃を使わなくても侵入は容易だ。

目的はなんだ。

誰かを狙っていた？

そう考えた薫は、首を振る。

番田の姿を思い出す。

銃口の向き。記憶が正しければ、かなり上に向けられていた気がする。窓ガラスの上部ギリギリの位置。まるで、人に当たらないような狙い方。

可能性を思い描いては、消える。猟銃の発砲。派手な演出。誘導。

全身が粟立つ。血の気が引いた。

番田が猟友会に所属していたことを考慮していなかった。

——勢子《せこ》。

狩猟において、獣を追い立てる役目を負った人を、勢子と呼んだ。古くは、大人数が獣を追ったが、現代では大量の人を用いることはせず、代わりに、ラッパといった鳴り物が使われる。

もし、猟銃の発砲が鳴り物の役目だったとしたら。

番田がこの家の間取りをどの程度把握しているかは分からなかったが、まったく知らないとは思えない。獲物は、散らばっているよりも、一つにまとまっているほうがいいはずだ。猟銃を撃つことによって、皆が一カ所に固まる。脅威から離れた方向に。奥へ、奥へ。

現に、皆は洗面所に集結していた。

集まっている場所が分かれば、わざわざ現れた方向から一直線で家に入る必要はない。

窓ガラスを割ったのが侵入経路の確保ではないとすると――。

背筋に悪寒が走る。

後ろを振り向くと、人が立っていた。物音ひとつしなかった。まったく気づくことができなかった。さすが、狩りをしているだけあるなと思う。深緑の、濡れた雨合羽。この色は木々だけではなく、暗闇にも溶け込めるのか。

銃口が向けられていることに気づき、現実逃避から我に返った薫だったが、すでにどうすることもできなかった。

反撃など不可能。動くことすらできなかった。

番田の無機質な目が、少しだけ細められる。

死を実感したのは初めてのことだと薫は呑気に考える。視界の動きが鈍っていく。

ゆっくりと、番田の斜め後ろから近づいてくる黒い塊があった。

まるでスローモーションだなと思ったのは一瞬のことで、その塊が突進してくる。

赤川だ。

そう認識した瞬間、赤川は番田と一緒に吹っ飛んでいった。二人は居間へ続く襖を突き破り、座卓に激突する。

その音が合図となったかのように、居間が暗くなる。誰かがブレーカーを落としたのだろう。

暗闇の中、取っ組み合いが始まる。

加勢しようと思って近づいたが、どうやらその必要はないようだ。

倍以上はあるであろう赤川の巨体の下で、番田は唸り声を上げている。

力が抜けてへたり込みそうになったが、なんとか堪えた薫は、畳の上に落ちている猟銃を見る。

赤川が少しでも遅ければ、自分はもうこの世にはいなかっただろう。そう思うと、ぞっとした。

「……ありがとう」

「間に合ってよかったです……ちょっと、縛るものを持ってきてくれませんか。ここは一人で大丈夫ですので」

赤川が告げる。その声は、今まで聞いた中で一番かっこ良く感じた。

薫は頷き、荒くなった呼吸を整えながら洗面所に向かった。足に力が入らない。壁に手を当てながら進んだ。

洗面所に入ると、息を呑む音がする。番田だと思ったのだろう。

「大丈夫です。大丈夫」

自分に言い聞かせるような口調で告げてからブレーカーを元に戻し、電気を点ける。

「……あの。今の音は？」

洗面所にいた奥井が、不安そうな面持ちで訊ねてくる。

「大丈夫です。赤川が、番田を捕らえました」

その言葉に、皆の顔に安堵の色が浮かんだ。

「銃は、大丈夫だったのか」

充邦が言う。

落ちた猟銃を思い浮かべながら薫は頷く。

「猟銃は床に転がっています。それよりも、なにか縛るものは……」

「いや、拳銃のことだ。岸田の拳銃は……」

薫は目を瞬かせる。

岸田の拳銃。

なんだそれは。

犯行に使われた拳銃のことだろうか。

そう思ったときだった。

耳をつんざくような銃声。

血が凍り付いた。

考えるよりも先に、足が居間に向かった。

拳銃の存在を見逃していた。

赤川が血を流して絶命している――その光景が頭をかすめた。

居間に飛び込む。

そこには、赤川が先ほどと似たような体勢で、こちらに顔を向けていた。

呑気な顔。

手に、拳銃を持っている。その銃口が番田に向けられていた。火薬の臭いがした。

「あ、びっくりしました？」

場違いな、のほほんとした声。

「……どういうことか説明して」

「えっとですね」

赤川は拳銃を持っていないほうの手で後頭部を搔く。

「いやぁ、ちょっとした隙に拳銃を取り出されまして。それで一発撃たれたんですが、なんとか回避して、こうして奪い取ったんです」

そう言って額を拭う。白いTシャツの、脇腹あたりが破れていることに気づく。よく見ると、血が滲んでいた。

「……撃たれているようだけど」

「……え？　え？」

脇腹に手を当てて慌てている。出血量も少ない。おそらく、かすっただけだろう。動揺していた赤川も、すぐに自分が無事であることを確固たるものにしたようだった。

それでも赤川は、大きなため息を吐いた。

「……加齢による贅肉は、脇腹につくんですよねぇ。もっと痩せなきゃなぁ……痩せていれば、弾も当たらなかったと思うんですよね。まぁ、銃創を負っている人なんて珍しいですから良しとします。これって名誉の負傷ってことで合コンとかでモテるかもしれません」

軽口を叩く。問題ないようだ。

心配して損をしたと思った薫は、先ほど赤川のことをかっこ良いと思ったのは錯覚だったのだと自らに言い聞かせた。

その後、龍一が持ってきたガムテープで番田の手足を縛り、居間に座らせる。番田は、額から血を流していた。赤川と格闘しているときに打ったのだろう。口を一文字に結び、視線を畳の上に落としている。

　薫は、その様子を立ったまま見つめる。

「……よく、番田の動きが分かったわね」

もし、指示に従ったままの赤川が洗面所のブレーカーの前に待機していたら、今ごろ薫は猟銃の餌食《えじき》になっていただろう。

　赤川は得意げな顔をする。

「いきなり猟銃をぶっ放したのが気になったんです。だって、変じゃないですか。来たことを知られてしまうという明確なデメリットがある割に、メリットが見当たらない」

同じところに疑問を抱いたということか。気づいてくれてよかったと思う。

　赤川は、首の凝りを解すように頭を回してから口を開く。

「そこで、陽動なんじゃないかと思ったんです。家の中にいる人を一カ所に集めるためのそれと、羽木さんの計画は、番田が居間を通ることが前提でした。あの一発が、侵入口を作るためのものなら、その読みは当たっています。でも、冷静になって考えれば、その可能性はほぼないでしょう。

　番田には、人を一カ所に集める目的のほかに、もう一つ、居間を通ると思っている人を背後から襲うという目的もあるんじゃないかと考えたんです。案の定、ビンゴでした」

　駄目出しをした赤川は、勝ち誇ったような笑みを浮かべる。憎たらしく見えるが、反論はできない。

よく見ると、赤川の全身が濡れていた。

「……なんでそんなに濡れてるの？」

「あ、これですか？」視線に気づいた赤川が言う。

「番田の意表を突くために、風呂場の小窓から外に出たので、こんなに濡れてしまいました。いやぁ、狭くて通り抜けるのが大変でしたよ。腹の辺りがつっかえてしまって」

薫は頬を搔いて、僅かに苦笑いする。

腹。破れたTシャツ。血。

脇腹の傷は、窓を潜り抜けたときのものではないか。そう思ったが、本人が名誉の負傷と勘違いしているのなら、それでいい。命の恩人に、水を差すのは止めよう。

「怖くなかったの？」

「大丈夫でした。それに、前に番田さんが言っていたじゃないですか。雨の中での狩りは、獲物に近づきやすいって。だから、上手くいくと思ったんです……あ、でも、今気づきましたけど、室内だから雨は関係ないですよね……」

赤川はわざとらしく身震いする。

今回は、その楽観的思考に助けられた。

「さて」

薫は気持ちを引き締め、番田を見つめる。

「どうしてこんなことをしたのか、話して」

「……なんのことだ」

敵意を剝き出しにした番田の口調。ただ、とぼけるつもりがないのは、表情を見て分かった。腹を据えている様子だ。その気迫に、薫は一瞬たじろぐ。

「……あなたは、拳銃を使って伊藤さんと五十嵐さんを殺害した。間違いないですね？」

その問いに、番田はしっかりと頷く。

「どうして、こんなことをしたんですか」

番田は鼻を鳴らした。

「……それはこっちのセリフだ。どうして、晴樹を幽閉しているなんて嘘を吐いた？」

その言葉は薫にではなく、充邦や龍一に向けられていた。

誰も答えようとしない。

番田は苛立たしそうに語調を強める。

「わしは、岸田の血を引く晴樹を殺したほうがいいと常々主張していた。そしたら、お前たちは晴樹を幽閉したと説明してきた。殺すことはできないから幽閉したと。その対応でも甘いと思ったが、この村を歩かれるよりはましだと思ったし、わしはそれを信じた」

「……どうして信じたんですか」

「蔵の中に、晴樹がいたからな」

吐き捨てるように番田が言う。

薫は目を丸くする。どういうことだろうか。

「……いや、晴樹になりすました奥井の倅がいたというべきだな」

そう言った番田は剝き出しの敵意を奥井に向けた。

ここでも、真が晴樹に扮したのか。

「ちゃんと顔まで確認すればよかったんだが、こいつらの言葉を信じてしまった。わしが入院している間に、お前たちはわしを嵌《は》める嘘を作り上げて、さぞ楽しかっただろうな」

入院している間。

番田が騙されていたのが不思議だったが、なんとなく話が見えてきた。

「どういうことですか」

赤川が訊ねた相手は、番田ではなく龍一だった。

「晴樹が生きているという嘘は、番田さんが入院中に仕込んだものでした」

ぽつぽつと語る龍一の顔は、後悔の念に歪んでいるように見えた。話によると、この嘘は、番田が心筋梗塞で入院している一カ月の間に構築されたものらしい。

番田が足を引き摺っているのは、心筋梗塞の後遺症ということだ。

種明かしを聞きながら、薫は頭の中で状況を整理する。

晴樹が死んだことで、歩美はおかしくなった。そして、他者に危害を加える恐れがあったため、晴樹が生きているという嘘を吐くことにし、蔵に幽閉したと偽った。ただ、これは番田への工作でもあった。事故が起きたとき、ちょうど番田が入院中だった。そこで、退院するまでの期間で、奥井真に晴樹役を演じてもらうという約束を取り付け、晴樹があたかも生きているかのような状況を作り上げた。周囲の人間は晴樹が死んだと言っているが、本当は生きていて蔵に幽閉していると番田に思わせ、村長一家と村方三役は、その嘘が継続するように骨を折った。

事故死した晴樹を幽閉したという嘘。

それは、心に大きな傷を負った歩美に対しての嘘だったが、同時に、晴樹を殺すべきだと主張していた番田への牽制でもあった。

ただ、まだ矛盾がある。

「……番田さんに対しては、真実を告げればよかったんじゃないですか。晴樹君は亡くなったんですから、それを伝えればいいはずです」

わざわざ幽閉しているという嘘を吐く必要はない。死んだという一報は、番田にとっては吉報だ。

そのことを指摘すると、龍一は目を細める。

「……歩美のことを忌み嫌っている番田さんが、歩美のために、晴樹が生きていると口裏を合わせてくれるとは思えなかったんです。歩美に真実を知られる恐れがある限り、番田さんには真相を言えなかったんです」

そういうことかと納得する。協力を仰ぐよりも、騙したほうが良いという判断か。

「それにしても、どうして、そんなに岸田の血が憎いんですか。それに、晴樹君を殺せと言っておきながら、歩美さんは追放だけでよかったのも納得できません」

赤川が疑問をぶつける。

薫も同感だった。

晴樹を殺せというなら、同じ岸田の血を引く歩美も殺せと主張するはずだ。どうして、区別するのか。

「女はいいんだ。晴樹は男だから見逃せなかった。岸田の血を引く男は、必ずこの村に災いを起こす」

唾棄《だき》すべき事実であるかのように言う。

「それなのに、お前たちはわしを騙した。これが、村を救った人間に対してする仕打ちか？」

――村を救った？

どういうことだろうか。

嚙みつかんばかりの勢いで、番田は続ける。

「十年間、わしを騙していた。村のことを一番考えているわしをだ。だから、お前たちを窮地に陥れた岸田の拳銃を使って、復讐しようと考えたんだ」

「岸田の拳銃って、なんですか」

赤川は声を発するが、番田は答えなかった。

「……騙したのは悪かった」堪え切れないといった調子で充邦が言った。

「だが、お前が望むように晴樹は死んだんだから、いいじゃないか。嘘を吐いたからって、伊藤や五十嵐を殺すなんて……ただの嘘だぞ？」

「……ただの嘘？」

番田の声は、まるで機械音であるかのように冷たかった。反面、目には憎悪の炎が燃えていた。やがて、その炎が全身を包み込んだように見えた。顔が真っ赤に染まる。

「わしは目付として村を守ってきたんだ！」

擦れた怒鳴り声は、どことなく悲痛な叫びのようにも聞こえた。

「村のために犠牲にしてきたことも多い！　それなのに、わしを欺いたんだぞ！　ただの嘘だと？　ふざけるんじゃない！」

薫は番田を見る。嘘を吐かれただけで人を殺す。理解の範疇《はんちゅう》を超える。ただ、番田は傷ついたのだろうということは伝わってきた。

充邦は黙する。その様子は、怯えた小動物のようだった。

普通に考えれば、立場は村長のほうが上のはずだ。それなのに、気を遣っているように感じた。

「刑事さん。もう、全部話すよ」

番田の鋭い視線が薫に向けられる。

その語り口調は、真に迫るものだった。そしてそれは、どうして番田の発言が影響力を持ったかという疑問と、どうしてそんなにも岸田の血を憎んでいるのかという薫の疑心を氷解させるものだった。

十五年前の夏——。

一人の男が二荘村に現れた。

柄シャツに白いパンツ。首には金のネックレスをつけていた。肩で風を切って歩く姿。鋭い眼光。見るからに堅気《かたぎ》ではない風貌《ふうぼう》の男は、自らを岸田と名乗った。

岸田という名前を聞いて、村人たちは岸田家のことを想起した。

なんの前触れもなく現れた岸田は、頻繁に姿を見せるようになり、間もなく、村に居座るようになった。

どういう経緯で村の存在を知ったのか分からなかったが、岸田は、自分の父親が岸田辰信だと言い張った。

五十年前に村長選挙に手を挙げた岸田辰信によって孕《はら》まされた女の一人息子。

岸田の母親はすでに他界しており、独り身だということだった。

当初、岸田の目的は分からなかった。

村人たちは、その風貌や粗雑な言動に恐れをなしていたが、実害があるわけではなかった。そのため、村長である充邦や、村方三役は特に対策を施さなかった。

ただ、岸田の悪意は、ゆっくりとだが、着実に根を張っていき、村が蝕《むしば》まれていることに気づいたときは、取り返しのつかない事態に陥っていた。

岸田は最初、ふらっと現れては、村を見て回って帰るだけだったが、やがて廃屋に居座るようになった。食事をねだり始め、ついには家に押しかけて眠るようになっていった。

誰も、それに反論することも抵抗することもできなかった。

ただでさえ威圧感のあった岸田は、気に食わないことがあると、村人に暴力を振るうようになっていった。

警察にも相談したが、暴力を振るっているという確かな証拠がないということで動きが鈍かった。また、頭を叩いたり小突いたりという、傷が残るような暴力をしなかったということも、警察権力が介入しにくい状況にさせていた。

ほとんどの村人が岸田の暴力を受ける中で、だんだんと、岸田に服従する者が出てきた。徒党を組むようなことはなかったが、告げ口をしたり、あからさまに機嫌を取ったりする村人の様子が散見されるようになった。

岸田によって、村人の心がばらばらになっていき、村が、どんどんと崩壊していくようだった。

岸田は一人だったので、抵抗しようと思えば抵抗できた。それができなかったのは、暴力団組織の後ろ盾を匂わせていたことと、それを裏づけるように岸田が拳銃を所持していたからだ。

皆、岸田の持つ拳銃が恐ろしかった。

村長と村方三役は、岸田が持つ拳銃のことを警察に訴えた。銃刀法違反で検挙してもらおうとしたのだ。ただ、警察の所持品検査は任意で、岸田は拒否する術《すべ》を心得ており、警察も手出しができなかった。

岸田の暴力による恐怖は進み、誰も、なにも言えない状況になっていた。皆、岸田に目をつけられないようにしていた。

ある日、まだ十三歳の女子が、岸田に因縁をつけられたとき、肩に置かれた手を振り払ってしまう。岸田はそれに激怒した。女子はその場を逃げ出したが、岸田は女子の家に行き、両親を殴打。女子を犯すと宣言してから立ち去った。

「その女の子は、その日は別の家に匿《かくま》われたが、岸田の宣言が本気だということは誰もが疑わなかった」

番田の声が熱を帯び始めた。当時のことを思い出して、憤慨している様子だった。

「あのまま好き勝手されるわけにはいかなかった。それで、村長と、村方三役、そして目付のわしで合議した。警察に頼っても状況は改善しない。他者に頼ることもできない。だから、岸田を殺すしかないということになったんだ。それしか、村を守る方法はなかった」

冷静な表情で番田は続ける。

「手段は決まった。誰が実行するかについては、決めるまでもなかった。岸田を殺すのは、目付であるわしの役目だ。狩猟よりも簡単だったよ。寝込みを襲って、首を絞めた。遺体は山の中に埋めた。あの男が消えても、まったく問題なかったよ。危惧《きぐ》していた暴力団組織も、結局ははったりだった」

番田の口調。人を殺すことに対して、なんの罪悪感も持っていないようだった。過去のことだからと、折り合いをつけたのだろうか。

「……人を殺したのは、岸田が初めてだったんですか」

薫自身、奇妙な質問だとは思ったが、どうしても聞いておきたかった。

一瞬の間の後、番田は頷く。

「ああ。初めてだった」

「そんな簡単に、人を殺そうなんて決心できるんですか」

再びの問い。

疑問だった。普通の人間にとって、人を殺すというハードルは非常に高く、そうそう飛び越えることはできないものだ。番田は狩猟をやっている。動物を撃ち殺すことには慣れているだろう。ただ、狩猟対象の動物と人間は、やはり違うはずだ。

衝動的に人を殺す場合は理解できるが、番田は、殺害を計画し、目的を定めて、実行した。しかも、首を絞めるという直接的な方法を使って。

「村のためだ」

番田が呟く。その一言は、簡潔かつ明瞭だった。

番田の価値基準。

村のため。

村のために動き、村のために人を殺す。

事実、岸田は二荘村を荒らし、目も当てられない状態に陥っていたのだろう。村の崩壊を食い止めるため、番田は人を殺した。村を守るためという志向が強ければ強いほど、常識や価値観が薄まっていく。麻痺していく。

だれかのため。なにかのため。

常識という囲いを突き破る槍。普通の人を、もっとも凶行に走らせやすくする加速装置。

薫は、ようやく腑《ふ》に落ちた。

村や、村人を守るために、番田は一人の男を殺した。そのお陰で、村は平穏を取り戻した。だからこそ、番田は村での発言権が強くなっていたのか。村を守った立役者。村のために、もっとも犠牲を払った人物。ゆえに、たとえ晴樹を殺せという無茶な意見も、無下にはできなかった。

村を崩壊させようとした岸田の血が入っていれば、なおのことだろう。

「村を守るのが目付の役目だ。わしの父親もそうだった。村長選挙に出馬した岸田辰信。あいつを殺したのは、わしの親父だ」

薫は口をポカンと開ける。岸田一族の死は、自殺ではなかったのか。放たれた言葉に、誰もが驚いているようだった。充邦一人を除いて。

番田は鼻を鳴らす。

「五十年前に村長選挙に立候補した岸田も、酷い男だった。好色で、二荘村の内外で女を作っているようなクズだ。二荘村で林業を営んで成り上がった岸田は、建設業を仕切る村長一族と友好関係を結んでいたし、あくまでも村長一族が使う側、岸田は使われる側だった……その均衡が破れたのが、不相応に手に入れた金。その金を生み出したのが、岸田が栽培していた麻だ」

麻と聞いて、すぐに思い至る。大麻の栽培か。

「林業の会社をやっていた岸田家は、昔から神事関連の準備を一手に引き受けていた。麻の繊維は、しめ縄や玉串《たまぐし》などに用いられていて、そのために岸田は大麻の栽培をしていたんだ。それを金儲けの道具に使い始めたのは、日本が好景気を経た一九六〇年代の、ベトナム戦争の頃だ。あの時代、反体制派の象徴の一つとして大麻吸引が流行して、密かに岸田は大麻を流すようになった。それで得た大金を使って、女を漁《あさ》り、周囲を屈服させていった。そして、権力を欲し、二荘村の村長選挙に出馬したんだ。

結果として現村長が勝ったが、辛勝といっていいほどの僅差だった。岸田は手癖が悪すぎたんだ。英雄色を好む……まぁ、それだけならいい。問題は、避妊をせず、子供ができた女を捨てるような鬼畜だったことだ。

そのころ、わしは二十歳でな。婚約していた女がいたんだが、襲われて妊娠させられたんだ。その事件の直前に、岸田が女に絡んでいるのを目撃した人物がいるので、間違いないと思った」

湧き上がる感情を抑え込むように、番田は喉仏を動かした。

「女は、犯されたショックで上手く人とコミュニケーションが取れなくなってしまった。現実と想像の境目が曖昧になった。もちろん、子供は堕《お》ろしたさ。望まぬ妊娠だ。でも、悲劇が起きた。あの時代は酷い時代だった……知っているだろう。優生保護法を」

優生保護法。この響きを聞くと、薫は背筋に無数の虫が這っているような不快感を覚える。

一九四八年から一九九六年の間に行われていた、障害者の強制不妊手術。日本以外にも、アメリカやドイツ、北欧などで断種法が制定された。

「どうして、こんな酷いものができたんだろうな。この法律のせいで、精神障害の診断を受けた人間だけじゃなくて、素行不良の人も断種の対象になった」

番田は悔しそうな顔をする。

「……まさか、婚約者の方も対象になったんですか」

薫の言葉に、番田は頷いた。

「無理やり犯されたと説明したのに、なぜか、素行不良ということになってな。優生保護法によって断種させられた。わしは、岸田の差し金だと直感した。断種をするには、家族の同意が必要だ。ただ、家族は同意していなかった。岸田が金を積んだんだとわしは思ったよ。止められなかったことは、今も後悔している。あいつは、子供を欲していた。分かるか？　なんの落度もないのに、希望を奪われるということが。

そして、そのことが契機となった。もともと、岸田の存在は村にとっての害悪だった。だから、父親は岸田を殺した」

「村から追い出して？」

雑誌の記事を思い出しながら訊ねる。

「村から追い出したわけじゃない。一連の記事を書いたあのゴシップ誌は間違いが多い。実際は別荘に行っているときに殺した。崖から突き落とした」

「でも、岸田一族を皆殺しにする必要なんて……」

「それも、確かな情報じゃない」

薫の声を強い語気で遮った番田は、縛られた両手で、額から流れた血の筋を拭った。

「親父が殺したのは、岸田辰信だけだ。ほかの……本家と呼ばれていた岸田の妻と、二人の子供は、あのとき、大麻の摂取のしすぎで頭がおかしくなっていたんだ。親父の話では、岸田辰信が転落したのを目撃した三人が、全員で崖から落ちたらしい。大麻で判断力が鈍って、助けに行ける高さだと思ったんだろうな。本家の血は絶えたが、私生児は生きている。それが、神田歩美や、十五年前にここに現れた岸田と名乗る男だ」

口を噤む。

薫は、流入してきた情報を頭の中で整理する。番田の言葉が真実かは分からない。五十年前のことで、今さら確かめる術もないだろう。ただ、家族全員を殺す必要はなかったはずだ。おそらく、真実なのだろう。

五十年前の岸田辰信は、村を破滅に追いやる人間だった。

そして、十五年前の岸田も、わがもの顔で振る舞い、村の秩序を乱す人間だった。

その二人の人間を殺《あや》め、村に平穏を取り戻させたのが、目付である番田家だったということか。

番田にとって、岸田の血が流れる男は村を脅《おびや》かす人物ということとイコールなのだろう。

だからこそ、晴樹の死を望んだ。

共感はない。ただ、動機に納得がいった。

「婚約者の方とは、どうなったんですか」

聞かずにはいられなかった。

薫自身、子供を授かりにくい身体で、子供が欲しいのに得られない苦悩に苛《さいな》まれた経験がある。しかし、無理やり妊娠できない身体にされたわけではない。

想像を絶するとしか言いようがなかった。

番田は、逡巡《しゅんじゅん》するような様子を一瞬見せる。素顔が、垣間見《かいまみ》えたような気がした。

一度口を開けてから閉じ、再び口を開く。

「俺はその女と結婚した。ただ、子供を産めない身体にされたことを恨んで、その恨みに蝕まれたんだろう。正気を失い始めた。最初は、いろいろと努力した。ただ、ずっと男の影に怯えていた。すでに死んだと説明しても、そんなはずはないの一点張り。結局、別々に暮らすことになったんだ」

その声には、後悔の念が滲み出ていた。

人の尊厳を踏みにじり、選《よ》り分け、除去する。優生保護法という悪法は、こんな山奥の村にも暗い影を落としていたのか。

番田の話を聞いていた薫の疑問は氷解した。しかし、別の疑問に再び苛まれる。

今回の一連の殺人は、晴樹を幽閉していると騙《かた》ったことが原因ということだった。村のことを考える番田は、嘘を吐かれ続けたことに対して怒り、復讐のために岸田が使っていた拳銃で伊藤と五十嵐を殺した。

理解はできないが、納得のできる動機。

ただ、本当に、理由はそれなのだろうか。

薫の胸の内で、違和感が膨れ上がる。

「……今回の殺人、なにか、別の理由があるんじゃないですか」

転がり落ちた言葉。根拠のない問い。

それを、番田は拾い上げた。

「……どうして、そう思った」

「やっぱり、納得できないんです。嘘を吐かれて、自分を蔑《ないがし》ろにされたから殺す。いわゆる、名誉に関わることです。人は、自尊心を傷つけられて凶行に走ることがあります。だから、動機になりうると最初は思ったんです。ただ……」

拍子抜けするような軽い理由で、人が人を殺す場合もある。しかし、今回の件は、そうではない気がした。真相は別にある。

「まぁ、今さら隠すつもりもない」

番田は口を大きく開けて、不気味な笑みを作る。鈍色《にびいろ》の光が瞳に宿った。

「こいつらは、晴樹が生きていると言ってわしを騙した。十五年前に岸田を殺してまで村を守った人間に対してだ。侮蔑としかいいようがない。復讐してやりたいという思いはあった」

「いつ、晴樹君が蔵に幽閉されていないって分かったんですか」

薫の質問に、番田は考えを巡らせるように視線を上に向ける。

「……半年ほど前だ。村に岸田の血を引く女が来ていることを知ってな」

岸田の血を引く女――神田歩美のことだろう。

「今まで、わしが村を空けているときを見計らって連れてきていたようだが、半年前のあの日は、総合病院の通院の日程変更があってな。それで、女が村に来ていることを知った。幽閉されている晴樹を密かに見せている……そういうことをしていても不思議ではないと思ったが、女が見ているのは、明らかに晴樹ではなく、奥井の倅だった。それで、蔵に幽閉されているのは嘘だと気づいた。嘘を吐かれたことに怒りを覚えたが、それでも、殺すほどではなかった。わしが今回の計画を実行に移した原因は、別にある」

番田の視線が、充邦に向けられた。

「それは、五十年前の、岸田の一件だ」その声は、不連続の数字を言うような単調さがあった。

「わしは、岸田に無理やり犯された女と結婚した。岸田を恨んでいたが、断罪は済んだ。

でも、ずっと不思議に思っていたんだ。岸田辰信はもうこの世にはいない。それなのに、あいつは、ずっと怯えているんだ。

岸田辰信は死んだ。それは間違いない。最初は、当時のことを思い出してしまうことに因るものだと考えていた。ただ、だんだんと、なにか別の真相があって、それが残滓《ざんし》となって、あいつを苛んでいるんじゃないかと思い始めたんだ。事件当時は、犯人捜しなどされなかった。それは、岸田という有力者が犯人で、警察がそのことを考慮したのだと思っていた。だから、あいつを犯したのは岸田だというのは、わしの主観だった。

真相が別にあるとしたら。その疑義が心に浮かんだら、いてもたってもいられなくなってしまった。だから、調べることにしたんだ。まずは、あいつの人生を破壊した優生保護法をな」

頭痛に苛まれ始めた薫は、歯を食いしばって痛みを堪える。番田は続ける。

「任意の優生手術は、本人並びに配偶者の同意が必要だということになっていた。わしは配偶者ではなかったが、婚約は事実上の婚姻関係とされていた。当然、わしは同意していない。だから、あいつの両親が同意したんだと思っていた。岸田にそそのかされるかして、判を押したんだと決めつけていた。ただ、両親は同意していないの一点張りだった。初めは責任逃れだと思っていたが、別の可能性が浮かんできた。

それで、もしかしたら親族の同意が必要な任意の手術ではなく、強制優生手術だったんじゃないかと思ったんだ」

番田の話を聞いていた薫は、息苦しくなって胸を押さえた。

強制優生手術については、ニュースの報道などで知識があった。担当の医師が診断した結果、優生手術を行うことが公益上必要であると認めるときは、都道府県優生保護審査会に審査を申請することができるというものだ。

番田は、大きく息を吐き出してから、一拍置く。

「調査は遅々として進まなかった。優生保護法は一九九六年に母体保護法と改定され、組織改編の過程で書類を破棄したり行方不明になっているケースが多かった。個人記録が残っていたのは、強制手術を受けたとされる一万六四七五人の内、三五〇〇人程度。記録が消えたとされる七八%に、あいつは入っていた。そもそも東京都は、書類保管期間すら定めていなかったので、現存しないという回答だった。

それでも、いろいろと調べている中で、手術をした病院に、優生保護審査会に提出した優生手術申請書と健康診断書、それと、審査会が手術の適否を判断するための調査書のコピーが残っていることを突き止めた。

その中の、手術申請書を見て、驚いたよ。申請者の欄に、当時の村長である、お前の父親の名前が記載されていたんだ。つまり、村長があいつを不適格な人間だと断定して、断種手術の申請をしていたんだ……岸田ではなかったんだよ、犯人は」

番田は、充邦を睨みつける。

「………」

立った状態の充邦は、黙ったまま番田を見下ろしていた。その瞳には、なんの感情も浮かんでいない。

「わしは、どうして村長の名前があるんだと訝しんだ。当時、岸田は、強姦《ごうかん》したことを認めなかった。あれは、言い逃れなどではなかったんじゃないか。もしかしたら、本当にあいつを犯していないんじゃないのか。では、誰があんなことをしたのか。それを確かめるために、今回の計画を立てたんだ。手がかりは、申請書に書かれていた村長の名前。それだけで十分だった。

あいつが真実を口走るその前に、優生保護法を使って人格を否定する。当時の申請書には、精神分裂病の疑いがあると書かれてあった。その嘘を植え付けることで口封じをした。都合の悪い真実を隠蔽した。そこまでして守りたい対象といえば、一人しかいない。なぁ、充邦」

呼びかけられた充邦は反応しなかった。

意に介さない番田は続ける。

「五十年前のことだから、証拠はもうない。充邦が関係していたのかすら定かではない。だから、確証が欲しかった。そのために村方三役の伊藤に確認を取ろうと考えた。伊藤に聞こうと思った理由は、ただ単純に、この村で充邦と一番仲が悪かったからだ。わしの質問に、最初は目を丸くして言い淀んでいたよ。ただ、お前に対する鬱憤が溜まっていたのか、少しずつ話してくれた。贖罪《しょくざい》の気持ちもあったんだろう。まさか、お前があいつを犯して、その罪を隠し、結果として岸田に罪を擦《なす》りつけていたとはな。たしか当時、あいつに絡んでいたという目撃情報は、お前によるものだったな。嘘の情報を流すことに加担したとも伊藤は言っていたよ」

「……そんなことを信じたのか？」

唐突に充邦が声を発した。

番田は、歯茎《はぐき》を剝き出しにする。

「伊藤に聞いた時点では、まだ確証はなかった。伊藤は話の中で、現場に五十嵐もいたようなことを口走っていた。どうして伊藤がこの事実を知っているのかと聞いたら、あいつ、言葉を濁していたよ。それでピンときた。お前と伊藤、そして五十嵐は共犯なんだと。

伊藤に対しては罪を許すと優しい言葉をかけて安心させた。復讐するつもりなど一切ないという調子でな。でも、許すつもりなどなかった。殺すつもりだったが、その前に、お前らが共犯だという推測を確かめるために、五十嵐に聞きに行った。普通に聞くのではなく、拳銃で脅《おど》したら簡単に吐いたよ。充邦が犯し、ことがなされている間、手伝ったと。二人の話は、ほぼ一緒だった。ただ、自分は悪くないの一点張り。伊藤は楽しそうにしていたが、五十嵐自身は嫌々手伝わされたと。信じられると思うか？　晴樹が幽閉されていると十年間も騙していた男の言葉など、まったく重みがない。だから、計画どおり、その日に殺した。昨日のことだ」

昨日。祭りの初日。

時間が経過していたから、五十嵐の遺体は腐敗が進んでいたのかと薫は思う。

「五十嵐は一人暮らしだ。そう簡単には発見されないだろう。豪雨になることは分かっていたので、ダイナマイトで逃げ場を塞ぎ、晴樹が逃げ出したと騒ぎ立て、復讐を実行していった。伊藤を殺し、お前を殺すつもりだった。まぁ、あんたらが村に侵入していたのは想定外だったがな」

「……あの、一つ聞いてもいいですか」赤川が、おずおずといった調子で手を挙げる。

「どうして、今回の騒動を晴樹君のせいにしたんですか。晴樹君が死んでいること、知っていたんですよね」

番田は、鼻で笑う。

「こいつらに騙されているふりをすれば、犯人であることを覚られる時間を稼げると思ったんだ。まぁ、それ以上に、岸田の亡霊に殺されるって恐怖を植え付けたかったんだがな。岸田の血を引く晴樹によって、十五年前の岸田が持っていた拳銃で、五十年前に起こした岸田の事件のせいで殺される。岸田を隠れ蓑にして生きながらえたお前たちにとっては、これ以上ない趣向だろう？」

たしかに、手の込んだ方法だ。

しかし、肝心の充邦は生きており、番田は拘束されている。

この状況下では、復讐は成し遂げられない。

番田が捕らえられることで、事件は解決した。あとは朝を待ち、なんらかの手段で警察に通報して引き渡せばいいだけだ。証拠はいくらでも出てくるだろう。もう被害者は出ない。

それでも、猛烈な違和感に襲われた。

番田の、余裕があるような表情が気になる。この状況を打開する策があるのだろうか。

警戒心を強めていると、突然、隣にいた充邦が笑い出す。低く、相手を小馬鹿にしているような笑い。

「伊藤と五十嵐の言葉を信じたお前は、二人を殺し、その上、私も殺そうとしていたということか？　阿呆《あほ》らしい。あの二人が本当のことを言っているなんて、どうして分かる？」

「……あいつに直接聞いたからな。ようやく、聞くことができたんだ」

声が震えている。溢れ出しそうな激情を押し込めたようだった。あいつとは、番田の妻ということだろうか。そうだとすると、今も生きているのか。

番田の言葉に、充邦は目を丸くする。それでも、怯んだ様子はなかった。

「頭がおかしくなった女の言葉を信じるのか」

充邦は冷たく言い放った。

番田は目を怒らせる。しかし、すぐに愁《うれ》いを帯びた表情になった。

「……信じないどころか、聞く気も起きなかった……当時はな」

一度言葉を区切り、再び話し始める。

「わしは、あいつが被害者なのに、慰めることもしなかった。あいつの言葉を聞こうとしなかった。ただただ、岸田に対する怒りが先行し、それに支配され、それに閉じこもることで周囲の言葉を聞かないようにした。傷を負っていたのはあいつなのに、自分が傷ついた気になって、怒りで思慮分別がなくなっていた。もう取り返しはつかない。なにをしても、あいつの傷を癒やすことはできない。ただ、だからといって復讐しない理由にはならない。わしはやり遂げる。五十年前の嘘を正し、断罪する」

一気に言い切った番田は、なぜか力尽きたようにうな垂れる。まるで、糸の切れたマリオネットのようだった。

その様子を凝視していた充邦の表情が険しくなる。

「私は、お前が思っているようなことはしていない。伊藤と五十嵐がそんなことを言っている証拠はないし、お前の妻だって嘘を吐いているのかもしれない……そもそも正気ではないだろう。お前は勘違いと嘘に踊らされているだけなんだよ」

充邦は吐き捨てるように言う。その言葉は、番田にではなく、薫たちに向けられているようだった。

「……お前はまた、逃げようとするんだな」

番田は言う。妙な落ち着き。薫はそれを恐ろしく感じた。

「五十年前のことだ。罪を明らかにして世間に知らしめようなどと思っていないし、ましてや、法の裁きなど期待していない。

あいつが傷を負う前、わしはあいつを守ろうと本気で思っていた。だが、傷を負った姿を目の当たりにしたわしは、本来の目的を忘れ去ってしまった。あいつを守らなければならなかったのに、わしは方向違いの相手を憎んで、自己満足していた」

「だから今、復讐していると？」

蔑んだような充邦の口調。余裕の表情。それもそうだろう。復讐者は自由を奪われ、身動きが取れなくなっているのだ。無力化された復讐者など恐るるに足らないのだろう。

「……復讐。そうだな。この雨のように、すべてを洗い流すために、ここまで来た。そして、それは結実する」

結実？　この状況でなにができるというのか。

薫がそう思っていると、番田は視線を走らせ、一点を見据える。その視線の先には、奥井が立っていた。

「奥井。充邦を殺すんだ」

唐突に発せられた命令に、奥井は身体を震わせる。明らかに困惑していた。

「……ど、どうして」

「お前に罪はない。ただ、あいつの優生手術を申請する際、精神分裂病の疑いありと診断したのは、お前の父親だ。つまり、加担した一人であり、共犯者なんだ。だから、お前には、父親の代わりに罪を償ってもらう」

それを聞いた奥井は、唇をわなわなと震わせる。

「そ、そんなこと……」

「診断書はわしの家に置いてある。犯されて錯乱している女に、優生手術させるため、虚偽の診断を下したんだ。事実なんだよ。村長を殺してから、ゆっくり確認しろ」

番田は、軽作業でも頼むような気軽さで言う。

「……そんなこと、できない」

奥井は首を横に振った。

「できない？」

驚いたように目を丸くした番田は、物分かりの悪い生徒を窘めるような、やや高圧的な視線を向ける。

「そうか、できないか」

やや砕けた口調。その声が一変する。

「殺せないなら、お前の妻と息子が死ぬぞ？」

背中に氷を当てられたようだった。身震いした薫は、奥井を見る。信じられないといった表情を浮かべていた。

番田は続ける。

「神社の神殿の中が安全な場所だと思ったか？　たしかに、扉を閉じて、開かないように内側から閂《かんぬき》をかければ堅牢《けんろう》だ。だが、わしはダイナマイトを持っているんだ。こじ開けることなんて容易だ。信仰の篤いわしの弱点を利用したんだろうが、今のわしにとって、神殿などただの建物だよ。神の存在など、もう信じていない」

「な、なにをした！」

詰め寄る奥井に、番田は余裕の笑みを浮かべた。

「身動きが取れないように縛っているだけだ。危害を加えてはいない。ただ、縛られている二人の近くにダイナマイトをセットしている。そしてそれは、十二時に爆発することになっている」

番田は、壁掛け時計を顎で指す。

十二時。あと一時間ある。ここから神社までは十五分ほどで到着できるだろう。今から行けば間に合う。

慌てて外に出て行こうとする奥井を呼び止める。

「まぁ、最後まで聞け。お前の妻子は神殿から移動させて、別の場所に監禁している。あと一時間で捜し出すなんて無理だ。確実な方法は、闇雲に捜すのではなく、村長を殺すことだ。それも、早く殺すことだ。きっかり十二時に、電気雷管に電流が流れて、そこに繋がっているダイナマイトが爆発する。迷っている間に時間が過ぎれば、わしが現場に辿り着く前に起爆してしまうぞ」

その言葉に、奥井は、床に転がっている拳銃に視線を走らせる。

まずい。そう思って薫は動いたが、一足遅かった。

拳銃を拾い上げた奥井は、銃口を充邦に向けた。

「止めなさい！」

薫は声を上げるが、奥井の耳には届かなかったらしい。今にも引き金を引きそうだった。

充邦は、驚愕の表情を浮かべて立ちすくんでいる。

「そうだ。早くしろ。わしが、お前の妻子を助けられる唯一の人間だ。もう一生会えなくなってもいいのか？」

発破をかけられ、奥井の手が震える。

「落ち着いてください！」

再び話しかけるが、反応はない。それでも、諦めるべきではない。

「言っていることが嘘かもしれません！」

「嘘？　嘘かもしれない。でも、本当だったらどうする？　妻子が死ぬんだぞ。跡形もなく吹っ飛ぶ。それでもいいのか？　嘘か本当かを確かめている暇なんてない。早く殺せ」

番田はせせら笑う。

薫は、奥歯を嚙みしめた。

番田の言うとおり、置かれている状況下で真偽を確かめる術はない。

最善策が見つからず、焦りを覚える。ただ、手をこまねいている暇はない。一刻の猶予《ゆうよ》もない。引き金に指がかけられている。安全装置は外された状態なので、指に力を込めれば銃弾が発射されるだろう。

体当たりをしたら、その衝撃で引き金が絞られる恐れがある。

「僕、捜してきます！」

赤川が言うと、龍一も賛同し、一緒に出て行こうとする。

「止めておけ」ため息交じりに番田が言う。

「見つけられるわけがない。見つけられたとして、どうやってそれを知らせる？　携帯の電波塔は破壊してあるから圏外だ。妻子を見つけて、かつ、ここに戻って知らせるなんて無理だ」番田の視線が奥井に向けられる。

「充邦を殺せば、わしがしっかりと起爆装置の解除をしてやる。お前や妻子に恨みはない。

わしは、あと一人に復讐できればいいんだ。お前が一人殺せば、二人は死ななくて済む」

時間的制約のある中で、選択を迫る。

奥井の息遣いが荒くなる。その顔は苦悩に歪んでいたが、瞳には強い決意が宿っていた。

奥井は、殺人者になる。

「早く殺し……」

最後のひと押しのような番田の言葉。

それが、唐突に止まる。

番田は、口をだらんと開けて、割れた窓ガラスの外を凝視していた。

「どうして……」

震えた声。

薫は外を見る。

そこに、老婆が立っていた。長い髪は雨に濡れ、顔に貼りついていた。隙間から見える顔には、なんの感情も浮かんでいない。

どこかで見たことのある顔。

「あ、山小屋の……」

赤川が声を上げる。それで思い出した。

昨日、晴樹が事故死した崖に向かう途中に会った老婆だ。

「どうしてここにいる！」

番田が言う。

老婆は、口を大きく開く。

「あの二人は帰した！　もうこりごりだよ！」

調子外れの大声だった。

「……帰しただと？」

眼球が零れ落ちるのではないかと思うほど、番田は目を見開いた。

「なんで勝手にそんなことをした！」

その問いに、老婆は顔をくしゃくしゃにしたが、声を発することはなかった。

――二人を帰した。

その二人が奥井の妻子のことで、老婆の言っていることが本当なら、妻子は安全だということだ。

怒りに顔を赤くした番田は、口から涎《よだれ》を垂らす。そこには血が混じっており、ピンク色をしていた。

老婆の言葉を聞いた奥井は、銃口を下ろす。

それを見た番田は吠《ほ》えた。

「早く殺せ！」

銅鑼《どら》が鳴ったのかと思うくらいの声量。

「俺は真相を知っているんだぞ！　お前が守っているものの正体を！　お前は大切な人をひところ……」

声が掻き消える。

銃声が掻き消したのだ。

誰もが、息を呑んだ。

甲高い耳鳴り。

薫は耳を塞ぐ。

雨が屋根を打つ音が、遠くから聞こえていた。

4

夜が明けるとともに雨が止んだ。

時計の針が七時を示したところで、救急隊が到着した。たまたま村外に出ていた村民が通報したらしい。道を塞いでいた土砂も、すでに除去されていた。

記録的な豪雨だったにもかかわらず、村自体の被害はほとんどなかった。

ただ、何者かに電波塔と電話線を破壊されていた。また、土砂崩れも作為的なものだった。鑑識の調査の結果、これらの破壊行為はダイナマイトによるもので、島村建設の倉庫から盗まれたものが使われたと断定された。

拳銃についても調べられた。

犯行に使われたのはドイツのルガーＰ０８というもので、第一次世界大戦から第二次世界大戦の頃まで使われていた代物だった。出所は不明だったが、一部の村人は、十五年前に現れた岸田という男が所持していたものだと言っているらしい。岸田の行方は知れず、どうして番田がその拳銃を所持していたのかも分からなかった。

警察は伊藤と五十嵐の遺体を発見し、司法解剖した。凶器は、発見されたルガーＰ０８で、五十嵐の遺体は、死後一日ほどが経過していると診断された。

そして、奥井によって射殺された番田の遺体も、今は霊安室に横たわっていた。

あのとき、奥井は拳銃で番田を撃ち殺した。

逮捕された奥井は聴取の際、驚いた拍子に引き金を絞ってしまったと供述。正当防衛は適用されず、裁判の争点になるだろうということだった。

驚いた拍子に。

あり得ない話ではない。ただ、納得はできなかった。

あのとき、銃口は床に向けられていたので、番田を誤って撃つというのは疑問が残る。緊張状態の中での事故。可能性は否定できないが、おかしい。

やはり、撃たれる前に番田が口走った言葉が関係しているのだろうか。

——俺は真相を知っているんだぞ！　お前が守っているものの正体を！　お前は大切な人をひとところ……。

番田の言葉は銃声によって掻き消されてしまった。あのまま喋らせていたら、どんな言葉が続いたのだろうか。勾留中《こうりゅうちゅう》の奥井に面会して聞いても、黙して語らなかった。

あの日から五日が経った。

薫と赤川は、再び二荘村に来ていた。

事件から二日後に島村充邦が自殺したと、秋川警察署刑事課の三ツ橋から連絡があったのだ。

遺書などがないため、理由は不明ということだった。

葬式に参列した際、龍一と、妻の佳代子に挨拶したが、憔悴しきった二人に詳しく話を聞けるような雰囲気ではなかった。

空には全体的に雲がかかっており、暴力的な日差しはない。それでも、歩けば汗が噴き出てきた。

「やっぱり、無理やり番田の奥さんを襲ったという話が明るみになったからかな」

薫は呟く。

「……どうでしょうかね」

赤川は肩をすくめる。薫の言葉に同意していないようだった。

「別の理由があるとでも思っているの？」

蠅《はえ》の羽音のような唸り声を上げた赤川は、どうでしょうか、と前置きした。

「多分、無理やり犯したっていう過去を暴露されたことも一因でしょうけど……なんせ五十年前のことですからね。証拠なんてないでしょうし、殺人犯の戯言《たわごと》として一蹴できるレベルのものです。もちろん、番田の奥さんは存命ですが、彼女の発言を信じる人が果たしているのかどうか……村長が死んだ理由は、村が滅茶苦茶になったことに責任を感じたとか、そんなところじゃないですかね」

その意見を聞いた薫は、最初は反論したい気持ちだったが、案外そんな理由なのかもしれないと思い直す。

今回、二荘村に落ちた影。原因はどこにあるのか。

十年前、神田歩美は晴樹を亡くすという傷を負った。その傷から目を逸らさせるために、龍一は嘘を吐いた。

十五年前、番田は傷を負った。いくら村のためとはいえ、人を殺すことは容易なことではない。精神的なダメージを受けていただろう。

五十年前、番田の妻は傷を負った。子供を産めない身体にさせられた。番田の発言によると、実際の犯人は充邦ということだったが、岸田の犯行だという可能性は今も残っている。

すべて、岸田という血が関係していた。

これらが複雑に絡み合い、番田を凶行に走らせた。

薫は眉間に皺を寄せる。

——なんだろう。なにかが欠けている気がする。

その原因は分からない。パズルは完成している。すべてのピースが揃っていた。それなのに、完成した絵が、完成していないように見える。

「……難しい顔して、どうしたんですか」

水浴びした後のように汗をかいている赤川が訊ねてくる。

首を横に振った。そうすることで、違和感を振り払う。

薫は喪服のジャケットを脱ぎ、山道を登る。

目的地へ到達する、もっとも平易なルートは事前に調べていた。前回に比べれば、ずいぶんと歩きやすい道だった。それでも、運動不足の身にこの勾配《こうばい》は堪える。

死んだ番田の妻は、やはり山小屋で暮らしていた老婆だった。

名前は、凜子《りんこ》。あの夜。番田が撃たれた後、凜子は番田の遺体を一瞥しただけで立ち去っていた。その表情から、感情を読み取ることはできなかった。

息を切らしながら山道を進み、ようやく山小屋に到着する。

入り口の前で、凛子が木製の椅子に座って空を眺めていた。近づいていき、挨拶をする。凛子は、ゆっくりとした動作で顔を動かし、来訪者を見た。厚く、歪なガラスをはめ込んだような瞳。

乾いた唇は動かなかった。

「五日前の話を聞きに来ました」薫は続ける。

「ここに、奥井恵子《けいこ》さんと真君が連れて来られて、拘束されていたんですね」

その問いが聞こえていないかのように、凛子は反応を示さなかった。

期待していなかったので、落胆はなかった。

秋川警察署の刑事による取り調べで、凛子は支離滅裂な発言を繰り返すばかりで、埒《らち》が明かなかったということだった。

薫は口を開く。ともかく、一方的にでも質問をしようと思った。

「どうして、二人の拘束を解いて、帰したんですか」

沈黙。

事件後の調査で、この山小屋にダイナマイトは仕掛けられていなかった。あの日、番田ははったりをかましただけだった。二人をここに連れてきて拘束した理由は分からなかったが、大方、襲撃が失敗した場合の保険にしようと思っていたのだろう。凛子が拘束を解いたと言わなければ、番田に操られた奥井は、充邦を撃っていたかもしれなかった。

風で、森が震える。

枝葉が互いを打ち付け合うようなさざめきが周囲を満たす。

「……ここにいてもらっても、邪魔なだけだからね。ここは三人いるには手狭だ」

凜子は嗄れ声を発する。

薫は目を見開いた。

「理由はそれだけですか」

「それ以外になにがあるってんだ」

吐き捨てるように言った凜子は、地面に唾を吐き出した。

いつ、この会話が打ち切られるか分からない。薫は、一番聞きたかった質問をすることにした。

「五十年前にあなたを襲った人は、島村充邦だったんでしょうか」

一瞬、凜子の口元が痙攣した。それを誤魔化すかのように、舌を出して、痙攣している部分を舐めた。

「五十年前……そんな昔のことは忘れたよ。十年前のことだって、覚えていないんだから」

本当に忘れているのか、それとも言いたくないだけなのか。判断がつかなかった。

「いったい、あんたらはなにが聞きたいんだい」

苛立った調子の声。

「あなたを襲った人間を……」

「知ってどうする」

真っ直ぐに視線を受けた薫は、言葉に詰まる。

「犯人が誰であろうと、それを知ってなんになる。傷が治るとでも思ったのか」

そう発した凜子は、そっぽを向いてしまう。

そのとおりだと、薫は納得してしまった。

たくさんの人が傷を負った。傷つくことは避けられなかった。傷つく前に戻ることもできない。

大切なのは、傷ついた後の行動だ。

傷を癒やす必要はない。直視する必要もない。傷から目を背けるのも、一つの方法だ。

「……もう、行きましょうよ」

袖を引っ張りながら、赤川が言った。

頷き、山小屋から離れる。

今さら、過去を蒸し返したところでどうにもならない。

非常に入り組んだ事柄が、最終的に今回の事件へと発展した。それでいいではないか。

これ以上の情報は不要だ。

　薫は、来た道を戻ろうとするが、赤川は別の方向に歩き始めた。

「せっかくですから、もう一度、崖に寄ってみませんか？」

「……どうして？」

　薫は眉間にしわを寄せ、訊ねる。

「もうここには来ないと思うので、一応」

　理由は謎だったが、薫は同意する。

　崖には五分ほどで到着した。

　改めて見ると、かなり高い。ここから落ちたらと思うと、身体がすくむ。

　赤川は、ぶつぶつとなにかを言いながら崖の下を歩きまわり、やがて立ち止まった。

「晴樹君が倒れていたのは、このあたりですね」

　両手を挙げた赤川が宣言する。崖から少し離れた位置。

「……いったい、なにが言いたいわけ？」

「別に、なにを言いたいわけでもありません。ここで亡くなっていたんだなと確認しただけです」

　薫は、徒労感に襲われる。

　もう帰ろうとしたとき、足が止まった。

　頭の中の靄《もや》が晴れた気がした。もしかしたら、完成した絵は、最初の一ピース目が間違っていたのかもしれない。

「……ねぇ、本当に、その場所に倒れていたの？」

両手を挙げたままの赤川が頷く。

「昨日、秋川警察署からコピーしてもらった事故の調査資料を読んできたので、間違いありません」

「……崖からの距離も？」

「はい。おおむね、二メートルです」

鼓動が早まる。

どうして、こんな単純なことに気づかなかったのか。

「晴樹君の遺体には、擦り傷とかはなかったんだっけ？」

「そうですね。落下したことによる頭部の傷だけです」

「崖の断面に身体をぶつけた可能性は？」

「そういった傷はないということです」

質問責めにあった赤川は、怪訝そうな顔をする。

「……どうしたんですか」

薫は、赤川の質問を無視する。

通常、誤って崖から落ちるということは、足を踏み外すということだ。走っていた場合でも、崖があるのを認識した時点でブレーキをかける。つまり、ほぼ垂直に落下する。着地点は崖の近くだ。二メートルも離れた場所に倒れているのはおかしい。

離れている場合の可能性。

一つは、自殺。ただ、自殺の場合も、事故と同様、垂直に落下する。勢いをつけて飛び降りれば落下地点が二メートル離れているのも頷けるが、そんな自殺は聞いたことがない。

残された可能性は、他殺。

思い切り背中を押されれば、落下地点は離れる。

晴樹は、殺された可能性がある。

当時、現場にいたのは——。

そのとき、後方に人の気配がする。

振り返ると、人が立っていた。

「真君……」

奥井真は、猜疑心のこもった瞳を向けてきた。

その目を見て、先ほどの、凜子の発言を思い出す。

——十年前のことだって、覚えていないんだから。

なぜ、あのときに十年前と発言したのか。昨日のことだって覚えていないと言うなら分かるが、どうして、十年前なのか。

十年前。あれは、晴樹の死のことを言っていたのではないか。

晴樹の死の真相。

その鍵を、目の前の真が握っているのではないか。

番田の最期の言葉が蘇る。

——俺は真相を知っているんだぞ！　お前が守っているものの正体を！　お前は大切な人をひとごろ……。

大切な人をひとごろ。

大切な人を人殺しにしてもいいのか。

番田は、そう続けたかったのではないか。

奥井が守りたかったのは、息子である真だったのかもしれない。番田は、十年前の真実を知っていた。もしかしたら、晴樹を突き落とした真のことを、凜子が見ていたのかもしれない。山小屋と崖は近い場所にあるので、あり得る話だ。そのことを番田に語り、あのとき、番田はその事実を喋ろうとしたが、奥井によって口封じをされた。

それなら、納得がいく。

どうして、真が晴樹のふりをし続けたのか疑問だった。そこには、罪悪感があったのではないか。真は罪悪感を抱いていたから、晴樹の役割を進んで演じたのではないか。奥井は、息子が殺人者だという事実を知っていたから、晴樹を演じさせることで罪滅ぼしをさせようとしていたのではないか。

これが真実なのか。

分からない。

十年も前のことだ。証拠はない。真相を明らかにすることは難しい。

真は口を開く。

「自分は、もう帰ります」

そう言って、踵を返して立ち去ってしまう。その手に、青い表紙のノートが握られていた。神田歩美が持っていたのと同じタイプのものだ。日記が書いてあるのではないか。直感で思う。

腕を前に伸ばした薫は立ち止まらせようと声を発するが、真の姿はすでになかった。

手を下ろす。

自分のことを自分と呼んだ真が、妙に印象に残った。

終幕

苛立つ。それも、猛烈に。

どうして、この世には人間がたくさんいるのだろう。

いや、人間がいるのはいい。

問題は、優れた人間がいるということだ。

自分は、自分よりも優れた人間が嫌いだ。

だから、これからも、自分より幸せで、頭がよく、容姿が整っている人間がいたら傷つけたい。できれば、消し去りたいと思う。

いやいや、そうではない。消すのではない。

自分のものにするのだ。人を殺すことで、自分の血肉とする。自分の中に閉じ込める。

優秀な人間は不要だ。ただ、それだと、何度も何度も殺さなくてはならない。それはナンセンスだ。他人が相手にならないくらいに、自分が優秀になる。そのための努力はする。

ただ、それだけでは駄目だ。

殺すことで、相手を自分のものにするという考えがある。二荘村は昔、カニバリズムの信仰があったと教えられた。実際には死人の骨を嚙むだけのようだったが、そうすることで、死んだ人間の能力を得ようとしたらしい。

その考えは、自分にしっくりきた。

だから、やってみた。

自分より優秀な人間を殺した。

祭りの舞台に立つあいつが羨ましかった。皆から褒められるあいつが羨ましかった。

そして、妬《ねた》ましかった。

あいつは、自分を馬鹿にした。大人がいないところで、クズだのゴミだなどと言って罵倒した。

殺してやりたいと思った。

いや、殺すことで、自分のものにしようと思った。調子や、華やかさといったあいつの色《いろ》を。仏教では、色《しき》は五感によって認識される物質や肉体を意味するらしい。色《いろ》を取り込む。色《しき》を、自分の中に入れる。

やはり、あの考えは間違っていないようだ。殺人を犯したことで、自分が自分ではなくなった。殺した人間の能力を得ることができたのだ。

現に、殺された人間の役を演じろと言われるようになった。これは、殺した相手の力が自分に備わったという証拠だ。

自分は医者になる。医者は生を扱うと同時に、死を扱う。医者になれば、疑われることが少なくなるだろう。

医者になったら、村を出る。そしてこれからも、欲しい能力を持つ人間が現れたら、この世から消し去ろう。そうすることで、取り込もう。自分のものにしよう。色を、自分の中に閉じ込めよう。

あの日、崖から突き落とした晴樹をそうしたように。

〈参考文献〉
『強制不妊――旧優生保護法を問う』毎日新聞取材班著（毎日新聞出版）
『優生学と人間社会』米本昌平、松原洋子、橳島次郎、市野川容孝著（講談社現代新書）

この作品はフィクションです。作中に登場する人物名・団体名は実在するものとは一切関係ありません。

この作品は書き下ろしです。

中公文庫

この色《いろ》を閉《と》じ込《こ》める

2019年12月25日　初版発行

著　者　石《いし》川《かわ》智《とも》健《たけ》

発行者　松 田 陽 三

発行所　中央公論新社
〒100-8152　東京都千代田区大手町1-7-1
電話　販売 03-5299-1730　編集 03-5299-1890
URL http://www.chuko.co.jp/

DTP　ハンズ・ミケ
印　刷　三晃印刷
製　本　小泉製本

Published by CHUOKORON-SHINSHA, INC.
Printed in Japan　ISBN978-4-12-206810-0 C1193

各書目の下段の数字はＩＳＢＮコードです。978－4－12が省略してあります。

中公文庫既刊より

い-127-1　ため息に溺れる　石川智健

立川市の病院で、蔵元家の婿養子である指月の遺体が発見された。心優しき医師は、自殺か、他殺か――。見えていた世界が一変する、衝撃のラストシーン！

206533-8

い-74-6　ルームメイト　今邑彩

失踪したルームメイトを追ううち、二重、三重生活を知る春海。彼女は、名前、化粧、嗜好までも変えて暮らしていた。呆然とする春海の前にルームメイトの死体が？

204679-5

い-74-7　そして誰もいなくなる　今邑彩

名門女子校演劇部によるクリスティー劇の上演中、連続殺人は幕を開けた。台本通りの順序と手段で殺される部員たち。真犯人はどこに？　戦慄の本格ミステリー。

205261-1

い-74-14　卍《まんじ》の殺人　今邑彩

二つの家族が分かれて暮らす異形の館。恋人とともに訪れたこの家で次々に怪死事件が。謎にみちた邸がおこす惨劇は、思いがけない展開をみせる！　著者デビュー作。

205547-6

い-74-16　ブラディ・ローズ　今邑彩

薔薇園を持つ邸の主人と結婚した花梨。彼の二番目の妻は墜落死を遂げたばかりだった――。花嫁に届く脅迫状の差出人は何者なのか？　傑作サスペンス。

205617-6

い-74-17　時鐘《とけい》館の殺人　今邑彩

ミステリーマニアの集まる下宿屋・時鐘館。姿を消した老推理作家が、雪だるまの中から死体となって発見された。犯人は編集者か、それとも？　傑作短篇集。

205639-8

い-74-18　赤いべべ着せよ…　今邑彩

「鬼女伝説」が残る町で、幼い少女が殺され、古井戸から発見された。二十年前に起きた事件と、まったく同じ状況で……。戦慄の長篇サスペンス。

205666-4

い-74-20
金雀枝《えにしだ》荘の殺人
今邑彩
完全に封印され「密室」となった館で起こった一族六人殺しの犯人は、いったい誰か？　推理合戦が繰り広げられる館ものミステリの傑作、待望の復刊。
205847-7

い-74-21
人影花
今邑彩
見知らぬ女性からの留守電、真実を告げる椿の花、不穏な野鳥の声……日常が暗転し、足元に死の陥穽が開く。文庫オリジナル短篇集。〈解説〉日下三蔵
206005-0

さ-65-1
フェイスレス　警視庁墨田署刑事課特命担当・一柳美結
沢村鐵
大学構内で爆破事件が発生した。現場に急行する墨田署の一柳美結刑事。しかし、事件は意外な展開を見せ、さらなる凶悪事件へと……。文庫書き下ろし。
205804-0

さ-65-2
スカイハイ　警視庁墨田署刑事課特命担当・一柳美結2
沢村鐵
巨大都市・東京を瞬く間にマヒさせた〝C〟の目的、正体とは⁉　警察の威信をかけた天空の戦いが、いま始まる‼　書き下ろし警察小説シリーズ第二弾。
205845-3

さ-65-3
ネメシス　警視庁墨田署刑事課特命担当・一柳美結3
沢村鐵
人類救済のための殺人は許されるのか⁉　日本警察、そして一柳美結刑事たちが選んだ道は？　空前のスケールで描く、書き下ろしシリーズ第三弾‼
205901-6

さ-65-4
シュラ　警視庁墨田署刑事課特命担当・一柳美結4
沢村鐵
八年前に家族を殺した犯人の正体を知った美結は、復讐鬼と化し、警察から離脱。人類最悪の犯罪者と対峙する日本警察に勝機はあるのか⁉　シリーズ完結篇。
205989-4

さ-65-5
クランⅠ　警視庁捜査一課・晴山旭の密命
沢村鐵
渋谷で警察関係者の遺体を発見。虚偽の検死をする美人検視官を探るために晴山警部補は内偵を行うが、そこには巨大な警察の闇が――！　文庫書き下ろし。
206151-4

さ-65-6
クランⅡ　警視庁渋谷南署・岩沢誠次郎の激昂
沢村鐵
同時発生した警視庁内拳銃自殺と、渋谷での交番巡査銃撃事件。警察を襲う異常事態に、密盟チーム「クラン」がついに動き出す！　書き下ろしシリーズ第二弾。
206200-9

各書目の下段の数字はISBNコードです。978－4－12が省略してあります。

さ-65-7
クランⅢ　警視庁公安部・区界浩の深謀
沢村鐵
渋谷駅を襲った謎のテロ事件。クランのメンバーは「神」と呼ばれる主犯を追うが、そこに再び異常事件が――書き下ろしシリーズ第三弾。
206253-5

さ-65-8
クランⅣ　警視庁機動分析課・上郷奈津実の執心
沢村鐵
包囲された劇場から姿を消した「神」。その正体を暴く鍵は意外な人物が握っていた。警察に潜む悪との戦いは佳境へ！　書き下ろしシリーズ第四弾。
206326-6

さ-65-9
クランⅤ　警視庁渋谷南署巡査・足ヶ瀬直助の覚醒
沢村鐵
警察閥の大量検挙に成功した「クラン」。だが「神」の魔手は密盟のトップ・千徳に襲いかかり――。迫り来るクライマックス、書き下ろしシリーズ第五弾。
206426-3

さ-65-10
クランⅥ　警視庁内密命組織・最後の任務
沢村鐵
非常事態宣言発令より、警察の指揮権は首相へと移った。「神」と「クラン」。最後の決戦の行方は――。シリーズ最終巻、かつてないクライマックス！
206511-6

さ-65-11
雨の鎮魂歌《レクイエム》
沢村鐵
中学校で見つかった生徒会長の遺体。次々と校内を襲う異常な事件。絶望の中で少年たちがつかんだものとは。「クラン」シリーズの著者が放つ傑作青春小説。
206650-2

と-25-32
ルーキー　刑事の挑戦・一之瀬拓真
堂場瞬一
千代田署刑事課に配属された新人・一之瀬。起きる事件は盗難ばかりというビジネス街で、初日から若い男性が被害者の殺人事件に直面する。書き下ろし。
205916-0

と-25-33
見えざる貌　刑事の挑戦・一之瀬拓真
堂場瞬一
千代田署刑事課そろそろ二年目、一之瀬拓真。管内で女性ランナー襲撃事件が発生し、捜査に加わるが、なぜか女性タレントのジョギングを警護することに⁉
206004-3

と-25-35
誘爆　刑事の挑戦・一之瀬拓真
堂場瞬一
オフィス街で爆破事件発生。事情聴取を行った一之瀬は、企業脅迫だと直感する。昇進前の功名心から担当を名乗り出るが……。〈巻末エッセイ〉若竹七海
206112-5

と-25-37
特捜本部 刑事の挑戦・一之瀬拓真
堂場瞬一
公園のゴミ箱から、切断された女性の腕が発見される。その指には一之瀬も見覚えのあるリングが……。捜査一課での日々が始まる、シリーズ第四弾。
206262-7

と-25-40
奪還の日 刑事の挑戦・一之瀬拓真
堂場瞬一
都内で発生した強盗殺人事件の指名手配犯を福島県警から引き取り、駅へ護送中の一之瀬ら捜査一課の刑事たちが襲撃された！ 書き下ろし警察小説シリーズ。
206393-8

と-25-42
零れた明日 刑事の挑戦・一之瀬拓真
堂場瞬一
一世を風靡したバンドのボーカルが社長を務める、芸能事務所の社員が殺された。ストーカー絡みの犯行、という線で捜査を進めていた特捜本部だったが……。
206568-0

と-25-31
沈黙の檻
堂場瞬一
沈黙を貫く、殺人犯かもしれない男。彼を護り、信じる刑事。時効事案を挟み対峙する二人の傍で、新たな殺人が発生し——。哀切なる警察小説。〈解説〉稲泉連
205825-5

と-25-34
共鳴
堂場瞬一
元刑事が事件調査の「相棒」に指名したのは、ひきこもりの孫だった。反発から始まった二人の関係は調査を通して変わっていく。〈解説〉久田恵
206062-3

と-25-36
ラスト・コード
堂場瞬一
父親を惨殺された十四歳の美咲は、刑事の筒井と移動中、何者かに襲撃される。犯人の目的は何か？ 熱血刑事と天才少女の逃避行が始まった！〈解説〉杉江松恋
206188-0

と-25-38
Sの継承（上）
堂場瞬一
捜査一課特殊班を翻弄する毒ガス事件が発生。その現場で発見された死体は、五輪前夜の一九六三年に計画されたクーデターの亡霊か？
206296-2

と-25-39
Sの継承（下）
堂場瞬一
ネット掲示板で国会議員総辞職を求め、毒ガスを盾に国会議事堂前で車に立てこもるS。捜査一課は、その正体を探るが……。〈解説〉竹内洋
206297-9

各書目の下段の数字はＩＳＢＮコードです。978－4－12が省略してあります。

と-25-41
誤　断
堂場瞬一
製薬会社に勤める槙田は、副社長直々にある業務を任される。社会正義と企業利益の間で揺れ動く男たちの物語。警察小説の旗手が挑む、社会派サスペンス！
206484-3

と-25-43
バビロンの秘文字（上）
堂場瞬一
カメラマン・鷹見の眼前で恋人の勤務先が爆破。彼女が持ち出した古代文書を狙う、ＣＩＡ、ロシア、謎の過激派組織――。世界を駆けるエンタメ超大作。
206679-3

と-25-44
バビロンの秘文字（下）
堂場瞬一
激化するバビロン文書争奪戦。鷹見は襲撃者の手をかいくぐり文書解読に奔走する。四五〇〇年前に記された、世界を揺るがす真実とは？〈解説〉竹内海南江
206680-9

と-26-9
ＳＲＯ Ｉ　警視庁広域捜査専任特別調査室
富樫倫太郎
七名の小所帯に、警視長以下キャリアが五名。管轄を越えた花形部署のはずが――。警察組織の盲点を衝く、連続殺人犯を追え！新時代警察小説の登場。
205393-9

と-26-10
ＳＲＯ II　死の天使
富樫倫太郎
死を願ったのち亡くなる患者たち、解雇された看護師、病院内でささやかれる『死の天使』の噂。ＳＲＯ対連続殺人犯の行方は。待望のシリーズ第二弾！書き下ろし長篇。
205427-1

と-26-11
ＳＲＯ III　キラークィーン
富樫倫太郎
ＳＲＯ対〝最凶の連続殺人犯〟、因縁の対決再び!!東京地検へ向かう道中、近藤房子を乗せた護送車は裏道へ誘導され――。大好評シリーズ第三弾、書き下ろし長篇。
205453-0

と-26-12
ＳＲＯ IV　黒い羊
富樫倫太郎
ＳＲＯに初めての協力要請が届く。自らの家族四人を殺害して医療少年院に収容され、六年後に退院した少年が行方不明になったというのだが――書き下ろし長篇。
205573-5

と-26-19
ＳＲＯ V　ボディーファーム
富樫倫太郎
最凶の連続殺人犯が再び覚醒。残虐な殺人を繰り返し、日本中を恐怖に陥れる。焦った警視庁上層部は、ＳＲＯの副室長を囮に逮捕を目指すのだが――。書き下ろし長篇。
205767-8

と-26-35
SRO Ⅵ 四重人格
富樫倫太郎
不可解な連続殺人事件が発生。傷を負ったメンバーが再結集し、常識を覆す新たなシリアルキラーに立ち向かう。人気警察小説、待望のシリーズ第六弾！
206165-1

と-26-37
SRO Ⅶ ブラックナイト
富樫倫太郎
東京拘置所特別病棟に入院中の近藤房子が動き出す。担当看護師を殺人鬼へと調教し、ある指令を出すのだが——。累計60万部突破の大人気シリーズ最新刊！
206425-6

と-26-39
SRO Ⅷ 名前のない馬たち
富樫倫太郎
相次ぐ乗馬クラブオーナーの死。事件性なしとされるも、どの現場でも人間と同時に必ず馬が一頭逝っている事実に、SRO室長・山根新九郎は不審を抱く。
206755-4

と-26-36
SRO episode0 房子という女
富樫倫太郎
残虐な殺人を繰り返し、SROを翻弄し続けるシリアルキラー・近藤房子。その生い立ちとこれまでが、ついに明かされる。その過去は、あまりにも衝撃的！
206221-4

ほ-17-1
ジウⅠ 警視庁特殊犯捜査係
誉田哲也
都内で人質籠城事件が発生、警視庁の捜査一課特殊犯捜査係〈SIT〉も出動するが、それは巨大な事件の序章に過ぎなかった！ 警察小説に新たなる二人のヒロイン誕生!!
205082-2

ほ-17-2
ジウⅡ 警視庁特殊急襲部隊
誉田哲也
誘拐事件は解決したかに見えたが、依然として黒幕・ジウの正体は摑めない。捜査本部で事件を追う美咲。一方、特進をはたした基子の前には謎の男が！ シリーズ第二弾。
205106-5

ほ-17-3
ジウⅢ 新世界秩序
誉田哲也
〈新世界秩序〉を唱えるミヤジと象徴の如く佇むジウ。彼らの狙いは何なのか？ ジウを追う美咲と東は、想像を絶する基子の姿を目撃し……!? シリーズ完結篇。
205118-8

ほ-17-4
国境事変
誉田哲也
在日朝鮮人殺人事件の捜査で対立する公安部と捜査一課の男たち。警察官の矜持と信念を胸に、銃声轟く国境の島・対馬へ向かう。〈解説〉香山二三郎
205326-7